ベリーズ文庫

偽装結婚から始まる
完璧御曹司の甘すぎる純愛
――どうしようもないほど愛してる

吉澤紗矢

STARTS
スターツ出版株式会社

目次

偽装結婚から始まる
完璧御曹司の甘すぎる純愛
——どうしようもないほど愛してる

プロローグ

「キスしてもいいか？」

そう聞かれて、「響一《きょういち》さんが思ったときにしてくれて大丈夫」と答えたのは自分自身。

けれど体中に与えられる口付けに、体の芯から溶けてどうかしてしまいそうになる。

「あっ！」

強すぎる刺激が走り、思わず胸元に伏せられた頭を抱き締めた。彼がそっと頭を上げるとサラサラした黒髪が指から流れ落ちていく。

灯りを落とした室内でも、肌を重ねた状態では何も隠せない。

いつもは穏やかな彼の瞳に、切なさと時折獰猛《どうもう》さが宿っているのも、初めて見る鍛えられた裸体も何もかもが花穂《かほ》の心をかき乱した。

「好きだよ、どうしようもないくらい愛してる」

少し掠《かす》れた低い声が耳元をかすめた。

触れ合う肌は熱いのに、安心させるように髪を撫《な》でてくれる手はとても優しいもので、この人が愛おしいと心から思う。

「私も響一さんを愛してる……あのとき結婚しようって私を助けに来てくれてありがとう。響一さんの奥さんになれて本当によかった」

彼が幸せそうに微笑んだ。

「花穂、俺のものになって？　優しくする」

答えはもちろん決まっている。ずっと早く本当の意味で結ばれたいと思っていたのだから。

唇を深く重ね合い、たちまち深い快楽に流される濃密な時間が再開する。

「あっ、んんっ……」

初めてなのに感じすぎてしまう自分が恥ずかしい。それでも高い声が漏れるのを抑えられない。

響一の手と唇は、そんな羞恥心すら思考から消し去る程花穂の体を溶かしていった。

時折囁《ささや》かれる甘い言葉に陶酔する。体の熱は高まり切なさで苦しくなった。

早くこの熱を解放して欲しい。経験はなくても本能でそう思う。

けれど彼は慎重だ。

「大丈夫か？」

心配そうな声音から、過去のトラウマを心配してくれているのだと伝わってきた。どこか苦し気な表情で、きっと彼だって体の熱に浮かされている状態なのに、気遣ってくれている。そんな優しさが積み重なって大きな愛が生まれたのだ。

「大丈夫、響一さんを信じてるから……あの、だから遠慮しないで欲しい」

少し積極的すぎるだろうか。ドキドキしながら告げた言葉に、彼が喜びの表情になる。

それから端整な顔にどきりとするような不敵な表情を浮かべた。

「そんなに可愛いことを言われたら抑えが利かなくなる」

「だ、大丈夫」

そんなことを言ったって、何より大切にしてくれると信じているから。

思った通り頬に額に優しいキスが降り、しばらくすると彼が中に入ってきた。

「はあっ……あ……」

お腹《なか》の中を埋め尽くされるような質量に一瞬息が詰まる。けれどそれもほんの一時のこと。

やがて何も考えられないような快楽が押し寄せて、ただ彼の名を呼ぶことしか出来なくなっていく。

「響一さんっ……ああっ……好き」

求め合う夜が更けていく。ふやけてしまいそうな唇にもう何度目か分からないキスを受け入れ幸せを感じる。

自分がこんな風に誰かを愛する日が来るとは思ってもみなかった。

最愛の彼との始まりですら、とても打算的な偽装結婚だったのだから――。

始まりは偽装結婚

午後八時五分前。東京《とうきょう》駅に程近いカフェ『アリビオ』のドアが開き、ドアベルがカランと優しい音を立てた。

城崎《しろさき》花穂はテーブルを拭いていた手を止め、入り口に視線を向ける。

入って来た男性は、雨に降られたのかスーツの肩が少し濡れていた。

艶《つや》やかな黒髪をかき上げ、端整な顔に参ったなとでも言いたそうな苦笑いを浮かべる彼は、この店の常連客だ。

バイトとして週に五日働いている花穂は彼と接する機会が多く、気付けば親しく言葉を交わす間柄になっていた。

六条《ろくじょう》響一という名前も、花穂より六歳年上の三十一歳という年齢も、近くに本社ビルを構える大企業『六条《ろくじょう》ホールディングス』の役員だということも、彼から直接聞き知った。

花穂は棚に収納してあるタオルを取り出し、入り口に向かった。

「いらっしゃいませ。これよかったら使ってください」

響一は花穂が差し出した白いタオルを受け取り、ほっとしたような笑みを浮かべる。

「ありがとう。突然雨脚が強くなるから焦ったよ」

「九月に入ってから、不安定な天気が続いてますね」

「ああ、近場の移動でも油断出来ないな」

「結構濡れてしまったようですし、今日は温かい飲み物をお持ちしましょうか？」

花穂は彼がスーツの肩や袖の水滴を拭い終えたタオルを受けとりながら提案した。

まだ残暑が厳しいためか、最近の響一のオーダーは決まってアイスコーヒーだ。しかし雨に濡れてしまったのなら、体を温めた方がいいかもしれないと思ったのだ。

響一は、そうだなと頷く。

「今日は軽く食べていくつもりなんだ。城崎さんが言う通り温かいスープにするよ」

会話をしながら、いつもの席に向かう。

客から人気があるのはテラス席に続く窓際の席だが、響一は背の高いグリーンの陰になる奥の席を好む。仕事の関係者と居合わせる可能性があるので、人目に付かない席がいいからだそうだ。

『ときどきは、仕事から離れてひとりの時間が欲しいからね』

以前、少し疲れた様子で言った彼の言葉だが、花穂はその気持ちが分かるような気がした。

響一はとにかく目立ち、何かと注目を浴びるタイプの人だ。

原因の多くは彼の容姿にある。

百八十センチは余裕でありそうな長身で、腰の位置が高く手足がすらりと長い日本人離れしたスタイル。

形のよい小さな顔には、きりりとした印象の眉と少し目じりが上がった二重の目。すっと通った鼻梁《びりょう》に形のよい薄めの唇と極上のパーツがバランスよく収まっており、惚れ惚れする程の美男なのだ。特に目を伏せたときの物憂げな表情がなんとも色っぽく目が離せなくなる。

響一がいると女性客がそわそわと落ち着かなくなるのが分かる。中には声をかける積極的な人もいた。彼はやんわり断っていたけれど、少し困っている様子だった。

会社では御曹司という特別な立場にあり、外に出ても注目の的では心が落ち着くときがなさそうだ。もし自分がその立場なら、ひとり静かに過ごしたいと思うだろう。

だから花穂は響一が来店すると、すぐに奥の席に案内するようにして、必要最低限の会話で済ますなど気を遣っていた。

するとそんな花穂の態度が気楽だったのか、響一の方から話しかけてくるようになった。

始めはハイスペックすぎる響一に対して気後れしていた花穂だが、彼の気取らない雰囲気によって自然に会話が出来るようになり、今では身構えることはない。

むしろ彼が来るのを少し楽しみにしているくらいだ。

「今日のスープは何？」

響一は席に着くと、メニューを広げざっと確認するように視線を動かす。

「きのことベーコンのクリームスープです」

「じゃあそれで。あとはアイスコーヒーも頼む」

顔を上げた響一の顔は、優しさが滲《にじ》んでいた。

「かしこまりました。少々お待ちください」

花穂も微笑みを返して、厨房に向かう。

アリビオは提供する料理の種類は少ない方だ。響一がオーダーしたスープセットの他には、カレーと日替わりセット、デザートが二種類だけ。

料理人が拘《こだわ》り作っているものの、ＳＮＳで話題になるような独創的なものや、特別お洒落なメニューというものはない。更には価格は平均以上とアピールポイントがあまりない。

けれど、営業時間が夜十時までと遅いこと。二十坪あるフロアに対し座席数が二十とゆったり落ち着いた雰囲気であることが、オフィス街で働く人々に好まれているようで、それなりに繁盛して、特にリピーターが多い。

彼らは定期的に訪れ読書をしたりノートパソコンをテーブルに置いて仕事をしたりと、居心地がよさそうに各々ゆったり過ごしている。

賃料が高いオフィス街で回転率を無視した営業が出来るのは、このカフェのオーナーがかなりの資産家で、儲《もう》けよりも自分の理想を追求した店作りを重視しているからだ。

花穂はキッチンに入りスープを器に注いだ。小さなサラダとバターがたっぷり染み込んだ焼きたてのパンをプレートに盛り付ける。

アイスコーヒーと共に席に運ぶと、響一は文庫本を開いたところだった。

彼は読書が好きなようで、ここに来るとぼんやりしているか、読書をしているかのどちらかだ。

「お待たせしました」

花穂がスープセットのプレートをそっとテーブルに置くと、彼は本を閉じ視線を上げる。

「ありがとう。いい匂いだ」

「スープのチーズがかなり熱いので気をつけてくださいね」

「ああ」

花穂が小さく礼をして下がろうとすると、「城崎さん」と呼び止められる。

「はい」

「この本読んだ？」

響一が手元の本の表紙を花穂に向ける。

以前、世間話のときに読書が趣味だと話したことがあった。響一も読書が好きだそうで、ときどき本の感想を言い合うようになった。

花穂は本の表紙をちらりと見る。タイトルとデザインからホラーのような気がする。花穂が進んで選ばないジャンルだ。

「いえ、読んだことがないです。面白いんですか？」

「まだ序盤だけど引き込まれるよ。家族の絆がテーマだから城崎さんも好みだと思う」

「そうなんですか？　気になるので読んでみようかな……」

響一は嬉しそうに、表情を和らげる。

「ああ、読み終わったら感想聞かせて欲しいな」

「はい。そう言えば私もお薦《すす》めしたい本が……」

先日読み終えた、海外作家のコージーミステリーがとてもよかったので紹介しようと思ったところで、ドアベルの音がした。

花穂は響一に「すみません、今度お話ししますね」とぺこりと頭を下げてから、気持ちを切り替え接客に向かう。

「いらっしゃいませ」

「こんばんは。いつもの席空いてる？」

はきはき話す女性はもう一年以上定期的に通ってくれている常連だ。

「はい。ご案内します」

花穂は彼女をいつも好んで座るカウンター席に通しオーダーを受ける。するとまたすぐにドアが開いた。

平日の午後九時前は意外に客足が多く忙しい。特に今日はもうひとりのバイトが体調不良で休みを取ったため、ひとりでホールを回さなくてはならない。

花穂は慌ただしく動き回る。響一と話しの続きをする余裕はなく、気付いたときには、十時の閉店時間になっていた。

客がいなくなった店内の清掃を素早く済ませた花穂は、スタッフルームに入った。ダークブラウンのエプロンを外し、制服の白いシャツと黒いパンツから、私服のシンプルなシャツと膝丈スカートに着替えをする。

ひとつに纏《まと》めていた癖のないセミロングの髪をほどき、鏡を見ながら手早く直した。

メイク直しは殆《ほとん》ど不要。花穂の顔はどのパーツも主張がなく端的に言うと地味で、化粧映えするタイプだが、普段は簡単なメイクで済ませている。

姿見でおかしなところがないかチェックをしてから、スタッフルームを出てフロアに戻る。同じタイミングでキッチンから大きなトレイを持った若い女性が出てきた。

このカフェのオーナー兼料理人である加納伊那《かのういな》だ。

百六十センチの花穂よりも十センチ以上高い長身の彼女は、スタイル抜群で一際目立つ。中性的な小さな顔にくせのあるショートヘアがよく似合い、立ち振る舞いに気品が滲み出ている。

花穂と彼女は幼馴染で中学を卒業するまでは同級生だった。

伊那が家庭の事情で転居したため、別の高校に進学したものの離れてからも交流が続き、三年前に仕事を探していた花穂に彼女が声をかけてくれた。

初めは正式に就職が決まるまでの繋ぎのつもりだったが、カフェでのバイトがすっかり気に入り今もまだ続いている。

「お腹空いてるでしょ？　早く食べよう」

「うん」

ときどき閉店後に伊那とふたりで遅い夕食を取る。メニューは余り材料で作ってくれる賄《まかな》い料理だ。

「今日はカレーなんだね」

「そう。今日は日替わりセットが全部出てこれしか余ってないから」

花穂はトレイに載っているふたり分のカレー皿をテーブルに並べて席に着く。

「いただきます……美味しい！」

ほろほろと口の中で塊肉が溶ける程よく煮込まれている。

「伊那、また腕を上げたんじゃない？」

「まあ、毎日やっていれば何事も上達するでしょう。花穂もコーヒー淹《い》れるの上手《うま》くなったし」

伊那はクールに言い、スプーンで掬《すく》ったカレーを口に運ぶ。

「私はまだまだだよ。でもここで働けて勉強になってる」

花穂の夢は、いつか自分も伊那のように自分の店を持つことだ。

繋ぎのバイトのつもりが、いつしか真剣にそう願うようになっていた。

小さくても寛ぎの空間になるような、優しい雰囲気のカフェを開きたい。

そんな風に思うのは、この仕事が好きだというのに加えて、家族親族と疎遠になってから感じる寄る辺なさや孤独感が影響しているのかもしれない。

自分の居場所が欲しいと強く思うのだ。

だから日中は時給が高いコールセンターで働き開業資金を貯め、休日は資格取得の勉強や情報収集に務めている。

勉強すればする程厳しい現実を知り、開業までの道のりは遠く感じるが、それでも諦めずに頑張るつもりだ。

「開店の目途は立ったの?」

「ぜんぜん。借入金を出来るだけ少なくするために自己資金をもっと増やしたいし、手続や法律の知識をもっと深めたいし、準備したいことは山積みだよ。三年後にオープン出来たらいいなと思ってる」

「手続や開業準備はコンサルタントに任せたら安心だし間違いないよ。知り合いにいるから花穂さえよければ紹介するけど」

「ありがとう。でも出来るだけ自分でやってみたいんだ。それで無理そうだったらお願いするかも」

「うん、いつでも言って」

「心強いよ」

花穂は厳しく古風な価値観の両親の下に生まれ育った。ひとりっ子だからか過保護で、成人してからも何かと干渉を受け抑え付けられる窮屈《きゅうくつ》な日々を送っていた。

それでも諍《いさか》いを起こすことが怖くて、親の言いなりになってしまう自分が嫌だった。

だからか、自分の店は誰かに頼らず自分の力で持ちたい。もちろん出来ないことはいくつもあるだろうが、初めから人任せにはしたくない。

「そう言えば今日、響一さんが来てたでしょ？」

伊那が思い出したように話題を変えた。

「うん、八時過ぎに。用があったの？」

伊那と響一の実家は仕事上の付き合いがあるらしく、元から顔見知りだったそうだ。

ただキッチンにいることが多い伊那は、初めは響一の存在に気付いていなかった。

花穂が彼とよく話すようになった頃にようやく気付いたようで、最近では気軽に声をかけている。

そんな関係なので、何か用があってもおかしくないだろう。

「用って程じゃないけど最近よく来るなと思って」

伊那がどこか含みがある表情になった。花穂は怪訝《けげん》な思いで眉をひそめる。

「三日置きくらいにいらっしゃるけど。常連になってくれるのはいいことじゃないの？」

「まあそうなんだけどね。ところで花穂は彼をどう思ってるの？」

「私？」

思いがけない質問で、花穂は戸惑った。

「そう。男性としてって意味で」

「それは……素敵な人だと思うけど」

「恋人としてはどう？ あ、一般論ではなくて花穂の恋人って意味だから。彼とは考えられない？」

花穂は思わず目を見開いた。

「そんなの考えたこともないよ！」

「どうして？ 素敵だと思うんでしょう？」

「思うけど、あまりにハイスペックすぎる人だからそういう対象としては見てない」

彼を素敵だと思ってもあくまで憧れで、現実的な恋愛相手ではない。

「響一さんは花穂を気に入っているみたいだけど」

「まさか……もし仮にそうだとしてもカフェのスタッフとしてでしょ？　あの人と付き合える女性は伊那みたいな大企業のお嬢様とか、特別綺麗なモデルとか、とにかく私みたいな平凡なタイプじゃないと思うよ」

「そうかな。私は花穂がちょっと押すだけで、簡単にいけると思うけど」

「無理だし、押しません」

そもそも花穂は積極的に恋愛をしたいと思っていない。いや、するのに不安があると言った方がいい。

幸せな恋愛ストーリーに憧れはあっても、現実的に考えると後ろ向きな気持ちになり、幸福感よりも憂鬱《ゆううつ》さが勝るのだ。

花穂の表情が曇ったのを見て、伊那が心配そうに眉をひそめる。

「もしかして、元婚約者とのこと、まだ気にしてる？」

「……うん。もう忘れたと思っても、不意に夢に出てきたりするから」

花穂の二十五年の人生の中で最も嫌な記憶。それは強烈に焼き付いたまま消えてくれない。

あの出来事からもう三年経っていると言うのに――。

花穂が二十一歳の年、親が決めた相手と婚約を結んだ。

相手は花穂より三歳年上。地元で一番大きな企業の後継ぎで、名前は有馬輝《ありまひかる》と言った。

花穂の城崎家は現在は勢いを失っているものの、江戸時代よりも前から続く名家。地元では有名なふたつの家が繋がるということで、何かと注目された縁組だった。

両家の親も親戚もお祭りムードで、かなりの盛り上がりを見せていた。当人以外は。

輝は見合いの場から、明らかに花穂に関心がなく、婚約が決まり顔を合わせる機会が増えてからも素っ気ない態度だった。

噂では付き合っている女性がいるのだとか。真実かは分からないけれど、彼が華やかで大人っぽい女性と親しくしている場面を何度か見かけた。

彼女のような女性が好みなのだとしたら、正反対のタイプの花穂との婚約に気が乗らなくても仕方ない。

いつも素っ気なく冷たい輝に対して、花穂も愛情を持てずにいた。

周囲の盛り上がりとはうらはらに、当人同士は冷めきっていたが、花穂は両親を始めとした周囲の人々の期待に応えようと、輝に歩み寄る努力をした。

しかし恋愛経験がない花穂の行動は輝にとって的外れで逆に苛立たせてしまったのか、距離はますます広がるばかり。

そんなある日、婚約解消を決心する決定的な出来事があった。

輝が花穂を脅《おど》し暴力を振るったのだ。酒の席でのことで、後日謝罪はあったものの、花穂は輝に恐怖を感じ顔を見るのも苦痛になった。

『お父さん……私、有馬さんとは結婚出来ない。婚約はなかったことにしてください』

『輝君は深く反省して真摯に謝罪しただろう。花穂に対して二度と暴力は振るわないと。幸い花穂に怪我はなかった。つまり酔っていても力をセーブする理性は残っていたのだ。彼には更生の余地がある。一度くらいはやり直す機会をあげなさい』

父は花穂を宥《なだ》め、婚約を継続しようとした。

確かに傍からも分かるような負傷はしていない。父が言う通り輝は本気で殴らなかったのだろう。

けれど花穂の心は表から見えないだけで深く深く傷付いた。

暴力が怖かったのはもちろんだが、両親が味方になってくれなかったのが辛かったし失望した。

花穂は初めて父親に逆らい、逃げるように実家を出て東京に出てきた。それが今から三年前、婚約をしてちょうど一年が経った頃の出来事だった——。

「そう。ごめん余計なこと言って思い出させちゃって」

伊那が気まずそうな声を出す。

彼女には家を飛び出してきた事情を話しているが、輝から受けた行為については曖《あい》昧《まい》にぼかして伝えている。思い出すのも口にするのも嫌だったからだ。

伊那が急に響一と恋人に、なんて発言をしたのは未だに好きな相手すらいない花穂を心配しているからだろう。

「大丈夫。私こそ気を遣わせてごめんね。でも今は恋愛よりも仕事を頑張りたいと思ってるから」

「そっか……響一さんと話しているときの花穂は、なんとなくこれまでと違う気がしたから、彼を気に入ってるなら協力しようと思ったんだけど」

「ありがとう……もし頼みたくなったら言うね」

「任せて!」

張り切る伊那を見ていたら笑みがこぼれたものの、響一との関係に変化が起こる日が来るとは思えなかった。

(六条さんは確かに話しやすいけど、もし私が恋愛感情を見せたらすぐに距離を置くんじゃないかな)

彼が今優しいのは、花穂が必要以上に近付かず、行き付けのカフェのスタッフという立ち位置を守っているからだ。

彼との会話は楽しいし、端整な顔に浮かぶ笑みに見惚れて鼓動が跳ねるときもある。本当に素敵な人だから。

でも花穂は今の距離感が心地よくて丁度いい。

(私がカフェを開業出来たら、お客さんとして来てくれないかな)

そのときを想像すると、楽しみだ。

アリビオから地下鉄で十五分、下車後自転車で十分程の距離の自宅アパートに着いたのは、午後十一時五十分だった。

ひと休みしたい気持ちを抑え、干しておいた洗濯物を畳《たた》み、最低限の家事を手早く済ませてから浴室に向かう。

花穂は週に五日程コールセンターで働いている。シフト制で一日の勤務時間は七時間。

退勤後の午後七時から十時の三時間はカフェでのバイトがあるから、片付けをして賄いを食べて帰ってくると帰宅は深夜になる。

なかなかハードな日々だが自分の意思でやっていることなので苦痛ではないし、実家で暮らしていた頃より、充実しているため満足度が高い。

シャワーのあとはほっとひと息吐く時間。

明日は休日なので、今気になっているカフェの開業ストーリー動画をスマホでのんびり見ていたら、あっという間に深夜一時を回っていた。

そろそろ寝ようかと思ったちょうどそのときメッセージが届いた。

（えっ、お父さんから？）

三年前に花穂が実家を出るとき父は激怒し、以降花穂を拒否するように関わりを絶った。

悲しかったけれど花穂から歩み寄る気にはなれず、今日まで疎遠だった。それなのに夜中に突然入った父からの連絡。

緊急事態かもしれないと動揺しながらメッセージを開封する。

「お母さんが倒れた⁉」

目に飛び込んできた文字は、衝撃的なもので、つい高い声を上げてしまった。

母は三年前までは病気ひとつせずに健康だったのに。年齢だってまだ五十三歳。体調を崩して介護が必要になるのは、ずっと先の話だと思っていた。

今はどのような状況なのだろう。父は詳細を書いてくれていないから分からない。

「と、とにかくお母さんのところに行かなくちゃ」

花穂は父のメッセージに【すぐに帰る】と返信をした。

両親に対するわだかまりは消えないが、今はそんなことを言っている場合ではない。

プライドが高く自分から歩み寄るとは考えられない父が連絡をしてきたくらいなのだから、軽い症状ではないはずだ。

花穂は焦る気持ちを抑えて静かにクローゼットを開き、数日分の荷物を纏め始める。

その後、三時間程、仮眠を取ってから家を出た。


花穂の実家は東京から急行電車で二時間程の地方都市にある。

景色が美しいのんびりした土地柄だが、海が近く市街地近辺にはいくつか史跡があるため、県外からの観光客が多い。

駅からタクシーで十五分程走ると、高台に花穂の生まれ育った大きな日本家屋の家

内は現代風だ。

築五十年以上経つ古い家屋だが、五年程前に耐震工事とリフォームをしたため、室内は現代風だ。

滑りのよい引き戸を開けると、驚いたことに父が待ち構えていた。

「花穂、遅かったな」

三年ぶりに会う父は、記憶よりも痩せており顔色も悪く見えた。

母が倒れたために心労で弱っているのだろうか。

花穂は軽く頭を下げた。

「お父さん、久し振りです」

「まずは入りなさい」

父に促され、焦る心を抑え靴を脱ぐ。

「あの、お母さんが倒れたって、なんの病気なの？」

「両足を骨折して寝たきりだ。医者が言うにはかなり骨が弱っているそうだ」

「骨が弱いって、お母さんはまだそんな年じゃないでしょ？　今はどこにいるの？」

「入院中だから心配いらない。骨が弱くなるのは加齢だけではなく体質や生活習慣も関係していると言っていた。退院後は薬を飲んで治療を続ける必要はあるが、日常生活は送れるそうだ」

淡々と答える父に、花穂は頷いた。

（よかった。骨折は大変だけど、治らない訳ではないみたい）

ほっと胸を撫で下ろし、あとで父が言っていた症状の病気を調べようと決心する。

しかし安心したせいか、父とふたりきりという状況が気になり始めた。

家を出る前から、父との関係はあまりよいものではなかった。

花穂は威圧的な父の言動に萎縮して上手く話せないことが多かったし、父ははっきり言わない花穂に苛立つという悪循環でお互いずっと相手に対する不満が燻《くすぶ》っていたのだと思う。

それが花穂の婚約解消というきっかけで爆発して、話し合いで解決が出来ない程こじれてしまったのだ。

あれから時間が経ち、花穂は以前より精神的に強くなった。

父はまだ怒っているだろうが、当時よりはクールダウンしたはずだ。それでも幼い頃から感じていた苦手意識は簡単にはなくならない。

花穂は気まずい空気に、こっそり溜息を吐いた。

廊下を進み東側の扉の先に畳敷きの居間がある。部屋の中央には唐木の大きな座卓があった。縁側からは広い庭が見えるが手入れが行き届いていないようで、どこか雑然としている。

(植木屋を呼ばないのかな。そう言えば、箕浦《みのうら》さんの姿も見えないけど)

箕浦は通いの家政婦で花穂が子供の頃から城崎家で働いてくれている。現在六十歳を過ぎているはずだから、花穂が出ていったあとに退職したのだろうか。

「お父さん、お茶を淹れてこようか?」

「ああ」

断られるかもしれないと思ったが、意外にもすんなり受け入れられた。

花穂は立ち上がり台所に向かう。実家の台所はアパートとは比べ物にならない程広い。人工大理石のシンクには鍋など調理器具が使ったままの状態で置いてあった。

(やっぱり箕浦さんは辞めたみたいね)

花穂は薬缶を火にかけると、その間に急須と茶葉を探し出す。

すぐに見つかったので、溜まった洗い物をして布巾の上に並べる。家事をしていると、久し振りの実家の居心地の悪さのようなものが徐々に薄れていくようだった。

ちょうど終わったタイミングでお湯が沸いたので、冷めないうちに淹れて居間に戻った。

父はすぐに湯飲みを手に取り口に運んだ。喉が渇《かわ》いていたらしい。

飲み終わるのを待って花穂は口を開いた。

「これ飲んだらお母さんの病院に行ってくるね」

「いや、それよりも話がある」

「話？」

入院している母のことより重要な話などあるのだろうか。

父は険しい表情を浮かべているけれど、昔からいつだって不機嫌そうな顔をしていた人で、気分を察するのがなかなか難しい。

「東京での仕事を辞めて戻ってきなさい」

「え……」

予想外の言葉に思考が停止する。

「三年自由にさせていたんだ。そろそろ気が済んだだろう」

「ま、待って。気が済んだって、私は遊びに行ってる訳じゃないんだよ？」

ひとりで東京に出た当初は自立するために必死だった。カフェ開店の夢が出来てからは、目標に向けて休まず努力してきた。決して軽い気持ちではないし、遊んで暮らしていた訳じゃない。

「お父さん、私はもう実家に戻るつもりはないから。向こうで仕事をして自立出来ているし、将来の夢も見付けたの」

花穂の言葉を聞くにつれ、父の眉間にシワが寄っていく。

「お前は家族を捨てると言うのか？」

「捨てるって……そんなことは言ってないでしょう？」

極端な父の言い分に花穂の戸惑いが大きくなる。

「言っているだろう。母さんは命に別状はないとはいえ、不自由な体になり家族の助けが必要なのに、お前は東京での暮らしを選ぼうとしているんだから」

「そんな風に受け取らないで。私なりにお母さんのフォローはしていくつもりだよ」

実際何が出来るかすぐには分からないけれど、親を見捨てたりなんてしない。

「離れて住んで何が出来るんだ。いいからこっちに戻るように。それからお前に縁談が来ている」

「縁談？……私は結婚なんてしないって言ったでしょう！」

思わずかっとなって花穂は声を荒らげた。

以前、婚約破棄をして散々揉めたと言うのに、父はなんの後悔もしていなかったのだろうか。

「相手がぜひ城崎家の令嬢をと望んでくれている。あちらはよい待遇で迎えてくれるはずだ。お前は見合いを嫌っているようだが、うちは代々見合い結婚で上手くいっている。特別なことじゃないだろう」

花穂は落ち着こうと息を吐いた。

城崎家は歴史ある旧家だ。花穂の祖父が家業である不動産事業の投資で失敗し財産の多くを失いはしたが、それでも地元の人からは一目置かれているため見合い話は事欠かない。

しかし花穂自身が望まれている訳ではない。

(恋愛すら気が進まない私が、お見合い結婚した相手と上手くやっていくなんて無理に決まっているじゃない)

話を聞いただけでも不安しかないというのに。

(もしまた昔の有馬さんのような人が見合い相手だったら？　そんなの絶対に嫌)

元婚約者に邪険にされ、暴言を吐かれた辛い記憶が蘇《よみがえ》る。

「……お父さん、私は二度とお見合いはしないから。諦めてください」

もう言いなりになるのはやめたのだ。いくら父の言い付けでも受け入れられない。

改めてはっきり拒絶すると、父の顔にさっと赤みが差した。

「我儘《わがまま》はいい加減にしなさい！」

怒りを抑えているのが声に表れている。

「結婚相手を自分で決めることのどこが我儘なの？」

自分の生き方を決めるなんて、誰もが当然に持っている権利のはずなのに。

（どうしてお父さんは分かってくれないの？）

父と母が親に薦められた見合い結婚で上手く行ったからだとしても、花穂にそれを求めないで欲しい。

「私には無理だから。有馬さんと気が進まないお見合いをしてどうなったかお父さんだって知ってるでしょ？　同じ失敗は絶対にしたくないの！」

あのとき少しも辛い気持ちに寄り添ってくれなかった父への怒りがこみ上げてきて、自分でも驚くくらい強い口調で拒否をしていた。

三年前には出来なかったが、こんな風に怒りをぶつける花穂の発言に父は動揺している様子だった。

「……あのとき、お前の訴えをしっかり受け止めなかったのは間違いだった。悪かった」

しばらくの無言が続いたあと、父が突然深く頭を下げた。

「……え？」

父のそんな姿を見るのは初めてで、花穂は目を見開く。

「家を出ていったお前をずっと放っておいたのに今更頼るのはむしがいいとも思う。それでもこの通り頼む。縁談を受けてくれ」

そう言うと父は更に深く頭を下げげた。土下座といっていい体勢で花穂は慌てて声を上げる。

「お父さん？　そんな真似やめて！　どうしてそこまで……」

持ち込まれた縁談を断れないからということではないはずだ。

この辺りは結婚年齢が早いから世間体を気にして娘の結婚を焦っているという可能性はあるが、それにしてもプライドの高い父が娘に頭を下げる程の理由ではない。

唖然としていると、父がゆっくり頭を上げて口を開く。

「実はお前の結婚と引き替えに援助をして貰う約束になっている」

「援助って、経済的な支援？」

「そうだ」

花穂は内心首を傾げた。なぜそこまで支援が必要なのだろうか。

「新しい事業でも始める気なの？」

「そうじゃない……借金の返済に必要なんだ。それがなければ我が家の土地家屋を手放さなくてはならなくなる」

「どうして家を？　お金がないなら他の土地を売ればいいんじゃないの？」

確か、窓の向こうに見える山の辺りまで城崎家の土地だったはずだ。地価が安い地域だが、面積でカバーしてなんとかなるのではないだろうか。

「他の土地などない。これまで切り売りしてきて残ったのはこの家だけだ」

「……うそでしょ？」

花穂は震える手で口元を覆った。

父は祖父から会社を引き継いだが、経営が上手くいかないため、広大な土地の一部を貸し出し収入を得ていたはずだ。それなのにまさか自宅しか残っていなかったとは。

（つまり、うちにはまともな収入がないということよね？）

植木屋を呼んでいないのは、経済的な理由だったのだと、混乱する頭の片隅で思う。

「母さんはこれから治療が必要だ。それなのに家がなくなったらどうする？」

「どうするって……」

「花穂の縁談が上手くいけば解決する。借金を返して、条件のよい仕事も紹介して貰えるんだ」

「……お父さんが会社勤めをするの？」

人に頭を下げるのが苦手な父が出来るのだろうか。

「不本意だが会社の継続は無理だ。これからは家族で出来ることをやっていかないといけない。そのためには頭くらい下げる」

父にとっては苦渋の選択のはずだ。なんでもやるという気持ちは伝わってくる。

しかしなぜ取返しがつかなくなった今なのか。

（決心するのが遅すぎるよ……）

「花穂、お前も過去は水に流して家族の役目を果たしてくれ。母さんのためだ」

「お父さんが言いたいことは分かるけど、急すぎてどうしていいか分からない」

病気の母を放っておけない気持ちはある。

（でもまた以前のように相手が私を嫌って暴言を吐かれるかもしれない）

そんな男性ばかりではないと分かっているが、どうしても不安が拭《ぬぐ》えない。

それに、地元に戻り結婚したら、カフェの夢は叶わない。せっかく初めて出来た目標だったのに。

「あまり時間がない。来月の初めには見合いの席を設けたい」

やけに急いでいるのは、借金の返済期限が関係しているのだろうか。

「少し考えさせて」

そう答えるので精一杯だった。

突然困難な状況に陥り、花穂は激しく動揺していた。

本音は望まない結婚なんてしたくない。だからと言って、困っている家族を放っておけない。

気持ちが揺れる中、父と共に母の見舞いに行った。

「花穂、来てくれたのね」

記憶よりも大分痩せた母が、花穂の顔を見た途端に涙ぐんだ。

「お母さん、大変だったね。知らせを聞いて驚いた。痛かったでしょう？」

すっかり弱って娘に縋るような目を向ける母に、どう接していいか分からなくなる。

「今は大丈夫よ。花穂が来てくれたからね。しばらくはこっちにいられるのよね？」

「ごめんね、仕事があるから長くはいられないの」

「そう……」

あからさまにがっかりする母に、慌てて言葉をかける。

「あの、今日は夕方までいるし、次の休みにも来るから」

「ありがとう……花穂も忙しいのに心配かけてごめんなさい」

「大丈夫だから気にしないで」

「でも、娘に迷惑をかけるなんて……」

しゅんと悲しそうにする母から花穂は目を逸《そ》らした。

同時に焦燥感がこみ上げてくる。

母は短大を卒業してすぐ、仕事をした経験がないまま父と見合い結婚をした。それ以来ずっと専業主婦で、資産管理などは全て父任せだから、城崎家の深刻な経済状況を把握していなかったはずだ。

（家がなくなるかもしれないと知ったら、お母さんにはきっと耐えられない。退院したあとも治療を続けなくちゃいけないのに……）

もし働きに出ると言っても職歴がない母は、万全な体調でも就職出来るか分からないのに、現状では無理としか思えない。

こうなった原因は、母にもあるだろうが、花穂はどうしても自業自得だと見捨てる気になれなかった。

昔から父に強く意見出来ない人で、母親としては頼りなかったけれど、おっとりと優しい母を幼い花穂は慕っていたのを思い出したから。

花穂は結局父にも母にもはっきりした返事が出来ないまま東京の自宅に戻った。

カフェ開業の夢を持ってから、いつも感じていたやる気や充実感の代わりに、倦怠《けんたい》感《かん》と諦めが心を占めている。

口には出していないながらも、もう決心しているからだ。

(選択肢なんてないも同然なんだもの)

今は見合いをするしかない。

花穂の気持ちを理解してくれない両親に不満を持ち家を飛び出したが、成人するまで育てて貰ったし、楽しかった家族の思い出だってある。

(あのお父さんがプライドを捨てて頑張ってるし、お母さんだって花穂に『ごめんなさい』と何度も謝ってくれたのだ。自分だけ関係ない顔なんて出来ない。

翌日にはコールセンターに連絡をして、実家の事情と退職の意思を伝えた。

急な退職だから話し合いになるかと思っていたけれど、そういう事情なら仕方がないと、揉めることなく退職が認められた。

後日、退職手続のために一度出社すればいいらしい。

それから伊那に連絡をして、今回の出来事について報告した。

伊那は驚き滅多に聞かない大きな声を出した。

『えっ？　花穂が結婚⁉』

「そうなの。もちろん断ろうとしたし、実際一度は断ったんだけど、そうはいかない状況になって……」

彼女には何も隠さず話すことが出来る。

『そんな……まさか花穂の家がそんなに困窮してたなんて』

「私も驚いた。お父さんもお母さんもぎりぎりまで見栄を張りたかったのか、娘にまで困ったところを見せないんだもの」

『まあ花穂のお父さんならあり得そうだけど』

伊那は東京に本社がある大企業『加納紡績《かのうぼうせき》』の令嬢だが、高校入学までは母の実家で育った。花穂の実家の近所だったため、お互いの家に遊びに行ったことが何度もあり、それぞれの親についても知っている。

『お互い親には苦労するね』

伊那の両親は離婚寸前まで行き長く別居していた。

結局やり直すことになったけれど、何度も転居を強いられ幼い頃から振り回されてきた伊那は、両親を冷めた目で見ているところがある。

『でもカフェ開店はどうするの？』

「それは……当分無理だよね。私が働いて借金を返せるならお見合いを断って今まで通りの生活をしたいけど、実際無理だもの」

返済期限は待ってくれないし、今ある貯金を払っても焼け石に水だ。

『なんとかならないかな』

伊那はそう言い黙り込む。

「今のところは結婚するしか解決方法はないと思う。正直言うと憂鬱だけど、伊那に話したら気分が楽になった」

『だからって問題が解決した訳じゃないでしょう！　花穂は目標に向かって頑張ってたのに……』

伊那の声から悔しい気持ちが伝わってくる。それは花穂も同じだった。

「すごく残念だけど、カフェは結婚したあとからでも出来るかもしれないし、勉強してきたことは無駄じゃないと思いたい」

『理解してくれそうな相手なの?』

「分からない。相手について聞きそびれちゃって、もちろん身上書も見てないから」

「現実から目を背けたかったというのが真実だ。」

『もう。そこはちゃんと見てきなさいよ!』

「うん。それより急で申し訳ないけど、カフェの仕事を続けられなくて」

『花穂が抜けるのは痛手だけど、今は気にしないで。まずは家の問題をなんとかしないと。私も考えてみるからまめに連絡してよ』

「分かった」

親身になってくれる伊那に感謝の気持ちが生まれる。なんでも話せる親友がいてよかった。

「愚痴を聞いてくれてありがとう。なんとか頑張ってみるから」

『うん、その意気だよ。状況が変わるかもしれないし諦めないでね』

電話を切った花穂は、沈みそうになる気持ちを振るい立たせた。

「やることが山積みだから落ち込んでる暇なんてない」

花穂はスマートフォンを仕舞い立ち上がる。

まずは引っ越しの準備をしなくては。三年暮らした部屋を片付けるのは大変そうだ。

◇◇

カフェアリビオの扉を開くと、カランと柔らかなドアベルが鳴る。

六条響一は店内に入ると素早く視線を巡らせてから、僅かに顔を曇らせた。

いつも接客してくれる女性スタッフ――城崎花穂の姿がどこにも見当たらないからだ。

オフィス近くにオープンしたこのカフェを訪れたのは気まぐれだったが、思ったよりも居心地がよく、気付けば定期的に通うようになっていた。

ひとりでゆっくりひと息吐いたり、ときには考えを整理したりするのによかったからだ。

けれどいつからだろうか。目的が花穂に会うことに変わっていた。

白いシャツに細身のパンツ、ダークブラウンのエプロンというシンプルな制服を着た彼女は、特別目立つ外見をしている訳ではない。

自然な焦げ茶の髪はひとつに纏め、メイクもあまり色味を感じさせないものだ。ただいつ見ても清潔感に溢れている。

染みひとつない白い肌に日本人にしては明るい虹彩。彼女の澄んだ瞳に見つめられると、柄にもなく鼓動が乱れた。

平均的な身長だがほっそり華奢でスタイルがよく見える。彼女は響一にとって好感が持てる容姿をしていた。

性格は落ち着いていて穏やか。察しがよく響一がひとりになりたいときは、必要以上に声をかけずそっとしておいてくれる。

それは一般的には特別なことではないのかもしれないが、響一はやたらと声をかけられるタイプだ。無関係の女性が馴れ馴れしく近付き、高い熱量で迫ってくるという状況を何度も経験しうんざりしていたため、花穂の一歩引いた態度は好ましかった。

それだけではなく読書の趣味が合った。

彼女は自分から余計な話はしないが、響一が話しかけると快く応じる。本の感想も響一と感性があった。話している内に彼女の好みの傾向が分かった。本人は意識していないようだが、気に入る本は家族愛や誰かとの絆をテーマにしたものだった。

人に対して一定の距離を取る一方で、繋がりを求めているところがある。

世間話をしているうちに、落ち着きがあると思った彼女に意外に可愛いところがあることを知った。

この頃には花穂に対して特別な感情を持っていることを自覚していた。

残念ながら彼女は響一に恋愛感情を持っていないようだが――。

「いらっしゃいませ」

見覚えのない女性スタッフがやって来て響一に声をかけた。

「おひとり様ですか？」

「はい」

花穂はどうしたのだろうか。

「お席にご案内いたします」

スタッフは響一を窓際の席に案内しようとする。

「すみません、奥の席でもいいですか？」

「あ、はい」

一瞬戸惑いの表情を浮かべたスタッフは、すぐに笑顔を作り響一を最奥の眺めがよいとは言えない席に案内する。

そう言えば花穂は何も言わなくても響一を望む席に促してくれた。

「すみません、今日、城崎さんは出勤されていますか？」

さり気なく聞いたつもりだが、スタッフは困ったように視線をさまよわせた。

「あ、彼女とは個人的に付き合いがあって、本を貸す約束をしていたんですが」

怪しく思われ警戒されているのかと、爽やかだと評される笑顔を見せる。すると目論見通り相手の警戒が解けた。

「そうなんですね。城崎さんはここ数日お休みしていまして……次の出勤予定を確認してきますので少しお待ちください」

女性スタッフはそう言いキッチンの方に下がっていく。確認をしに行ったのだろうか。

余計な発言をしてしまったかという僅かな後悔と、これまで殆ど休みを取っていなかった彼女が数日不在ということに落ち着かない気分になる。

(何かあったのだろうか)

心配していると、ふと人の気配がした。女性スタッフが戻ってきたのかと思ったが、そこにいたのはアリビオのオーナーである加納伊那だった。

彼女は加納紡績の社長令嬢で、響一の六条家とも付き合いがある。と言っても響一との関係は知人レベルで、この店のオーナーが彼女だとも知らなかった程。

利用するようになったのは偶然で、気安く話すように変化したのは、花穂と親しくなってからだ。

「響一さん、久し振り」

「ああ、伊那さんも元気そうだな」

「自由に好きなことをしていますから」

伊那は加納紡績への就職を蹴りこのカフェを開いたそうだ。家族にかなり反対されたが、押し切ったと聞いている。穏やかな花穂とは違い、強気で積極的な性格だ。

「スタッフに花穂のことを聞いたんだってね」

伊那は響一に対してあまり敬語を使わない。だから響一も伊那に対してくだけた口調になる。

「ああ。珍しく休んでるからどうしたのかと思って」

素直に答えたが、なんだか弱みを握られたような気になる。

「実家で問題があって休んでるの。このまま辞めることになると思う」

思いがけない返事に響一は眉をひそめた。

「数日前に話したときは、そんな話はしてなかったが」

彼女ともう会えなくなるかもしれない。そう思うと焦燥感がこみ上げる。

「急な話だったからね……花穂ね、実家の都合で急遽お見合い結婚することになったの」

更なる衝撃が響一を襲った。

（家の都合で見合いだって？）

カフェの仕事が好きだと言い、夢に向かって頑張っていた彼女が、見合い結婚を望んでいたとは思えない。おそらく、なんらかの事情がある。

今すぐ伊那を問い詰めて事情を聞きたい。しかし響一はその衝動をなんとか抑えた。

「詳しい事情を聞かせてくれないか？」

「どうして？」

伊那は響一をじっと見つめてくる。本心を見透かされそうな居心地の悪さを感じながらも響一は目を逸らさなかった。

「心配だからだ。彼女が困っているなら手助けしたい」

「……閉店後にもう一度来て。片付けがあるから十時半以降がいい」

「分かった」

それまでに仕事を片付けようと、響一は席を立った。

アリビオを出ると大きな溜息が漏れた。

花穂が心配なのはもちろんだが、彼女がどこかの男と見合い結婚をしようとしていると思うと、不快感が増す。

彼女がなんらかの問題に悩んでいるかもしれないときに、嫉妬している場合ではないが、なかなか収まりそうにない。

響一はそれくらい彼女に心惹かれている。


午後十時三十五分。

響一は再びアリビオの扉を開いた。

先ほどとは違い静まり返った店内に、ドアベルの音がやけに大きく響く。

「遅くまで待たせて悪かったわね」

しばらくするとキッチンから伊那が出てきた。

「いや、仕事が溜まっていたから丁度よかった」

「そう……あ、その辺に座っていて」

伊那はそう言い再びキッチンに下がってしまった。

響一は入口近くのテーブルの椅子を引き腰を下ろす。すぐにグラスをふたつ持った伊那が戻ってきた。

「どうぞ」

「ありがとう」

店内が少し暑いため、アイスコーヒーは有難い。

伊那がテーブルの向こうの椅子に座ったところで、響一は早速切り出した。

「さっきの続きだけど、城崎さんはなぜ急な見合いをするんだ?」

伊那が憂鬱そうに顔を曇らせた。

「家庭の事情でね、結婚を条件に婚家から支援を受けるみたい」

「彼女は嫌がってるのか?」

「夢を持って目標に向けて頑張っていたのに結婚で駄目になってしまうんだもの」

当たり前でしょうと、伊那は溜息を吐く。

「そうだよな。彼女は自分の店を持ちたいと頑張っていたから」

「花穂から聞いたの?」

「ああ、世間話のついでだが」

「ふーん……やっぱりね」

伊那が含みのある視線を向けてきた。

「やっぱり?」

「花穂はかなりプライベートな話まで響一さんにしていたみたいだなって。まあ予想はしていたけど」

「何度か顔を合わせるうちに意気投合したんだ。特別なことでもないだろう？」

「花穂に限っては違うわ。あの子は愛想がない訳じゃないけど、男性と必要以上に話したがらないから」

響一は相槌《あいづち》を打った。そう言えば知り合ったばかりの頃は、かなり警戒されていたなと思い出したのだ。

こちらに気を遣ってくれていたからだろうが、とにかく関わらないようにしているように見えた。響一から声をかけるようになっても、いつも壁のようなものがあって、親しくなるまでに時間が必要だった。

「とにかく、そんな事情で花穂はアリビオを辞めるのよ」

伊那が気を取り直すように言った。

「辞めて実家に帰るのか？」

「残念だけどそうするしかないみたい」

（もう彼女に会えない？）

さっきも感じた不快感に再び苛まれる。受け入れがたいと強く思う。

「家のためとはいえ自分の将来を犠牲にするようなものじゃないか。なんとかならないのか？　例えば伊那さんが支援するとか」

冷静な態度を装っているものの、内心は焦燥感でいっぱいだ。

「無理よ。私の私財でどうにか出来る問題じゃないし。仮にお金を貸してくれそうな人を紹介すると言っても、あの子の性格なら遠慮すると思う」

「気が進まない結婚をして、夢を諦めることになってもか？」

他人に経済的な援助をして貰うことに不安や抵抗があるのは分かるが、親しい伊那の紹介なら信用出来るのではないだろうか。

「そうよ。具体的な金額は聞いてないけど、花穂の家の負債はかなりのものみたいなの。自分の店を持ったとしても花穂ひとりで返済していくのは無理でしょうね。そう分かっているのに借金するとは思えないわ」

悔しいが伊那の言葉はすとんと腑《ふ》に落ちた。

他愛ない会話からも花穂の誠実さや真面目さが感じられた。彼女は窮地を脱するためだとしても、出来ない約束などしなそうだ。

「私は利用出来るものはなんでも利用すればいいと思うんだけどね。花穂は今思い詰めてるし、普段よりも更に融通が利かなくなってるの」

「気持ちは理解出来るが、誰かの手を借りるべきだと思う。彼女が納得してくれるのなら俺が……」

助けたいと言おうとしたとき、伊那がずいっとテーブルに身を乗り出してきた。

「俺が？」

期待するようなその視線で、伊那は響一の気持ちに気付いているのだと悟る。きっとだからこそ花穂の事情を話してくれたのだろう。

「俺が助けたい。だがどうやったら受け入れて貰えるのか」

客観的に見て響一と花穂の関係は、仲のよい知人程度だ。そんな相手が経済援助しますなんて言っても警戒するだけではないだろうか。

「響一さんがそのつもりなら私も協力する。元々そのつもりだったのよ」

「何か考えがあるのか？」

「とりあえず直近に迫った縁談を、なんとかして潰してしまうの。花穂だって時間に猶予《ゆうよ》があれば他の方法を考える余裕も出来るだろうし」

「なるほど……まずは差し迫った問題を排除するんだな」

響一と伊那の伝手《つて》を使えば可能なはずだ。

その後、負債をどうするか検討すればいい。

「よかった」

伊那が満足そうに微笑む。初めからこうなるのが分かっていたという顔だ。

彼女の手の上で転がされたようで不満だが仕方がない。

花穂が他の男と望まない結婚をするのを黙って見過ごすなんて、響一には出来ないのだから。

「すぐに動く。事情を話してくれてありがとう」

響一が席を立つと、伊那も続いて立ち上がった。

「頑張ってね。花穂のためにも」

『頑張ってね』に含みを感じたが、気付かないふりをしてアリビオを出る。

夜の町の喧噪《けんそう》の中を歩きながら、これからの段取りを目まぐるしく考えた。

響一が暮らす六条本家は、閑静で歴史がある住宅街の一画にある。

会社からは車で二十分程。幹線道路から外れしばらく進むと、周囲の雰囲気が落ち着いたものに変化する。

整備された広い道路脇には街路樹が整然と並び、その更に奥にはぐるりと壁で囲まれた邸宅が続く。緑が多く一見東京とは思えない自然豊かな光景だ。

住宅街のなだらかな坂を上りきると、六条家の屋敷が見えてくる。

敷地は四百坪と、住宅街の中でも割と広い方だ。建屋は純日本家屋。祖父の時代に建てたものなので、そろそろリノベーションが必要になる。

響一はここで八十五歳になる祖父とふたりで暮らしている。

幼い頃は両親も一緒に住んでいたが約十年前に離婚し、母は再婚。父は独身だがパートナーがおり彼女と共に海外に移住した。

響一は大学卒業後に一旦家を出て会社近くでひとり暮らしをしていたが、三年前に祖父が体調を崩したのをきっかけに戻ってきた。

未だ六条家で絶大な権力を握る祖父の周りには、サポートする人間やかかり付け医がいて生活するに困るようなことはない。それでもこの広い家にひとりというのがどうにも寂しく思えて同居を決意したのだ。

そんな響一の行動に祖父は年寄り扱いするなという反応で全く感謝されていないが後悔はしていない。自己満足だ。

「響一、話があるから来なさい」

帰宅したらすぐに自室に向かうつもりだったが、珍しく玄関で祖父が待ち構えていた。

「はい」

響一は腕時計をちらりと見た。午後十一時三十分。

日頃十一時には休む祖父が起きて待っているからには重要な話なのだろう。花穂の縁談を潰すための段取りについて考えを纏めたかったが、そうも言っていられないらしい。

響一は気持ちを切り替えて祖父のあとに続く。

中庭に面した広いリビングルームに入り、中央のソファに腰を下ろす。住み込みの家事使用人が完璧に業務を遂行しているため、部屋は生活感がない程、常に美しく整えられている。

「会長、話とは？」

響一は前置きなく切り出した。

ちなみに会長とは祖父の元役職だ。数年前に引退しているが、今更〝お祖父さん〟と呼ぶのはお互いなんとなくしっくりこなかったため、今でもまだ変えずにいる。

「お前、結婚はどう考えているんだ？」

難しい顔でもったいぶった口調で告げられた言葉に、響一は脱力した。

「何かと思ったら、またその話ですか」

祖父が響一の結婚に口を出すのは今に始まったことじゃない。半年に一度は思い出したように追及されているのだ。

「心配しなくてもしっかり考えてますよ」

「考えていたらなぜ未だに婚約者すらいないんだ。それどころか付き合ってる相手もいないそうではないか」

「まだ結婚を申し込みたくなるような女性に出会っていないだけです。気長に探しますよ」

響一の言葉を軽く感じたのか、祖父がはあと溜息を吐いた。

「お前はもう三十二なんだぞ？　分かってるのか？」

「まだ十分若いし、正確には三十一です」

「お前の父もそう言って三十をいくつも越えてから結婚した。幸いすぐにお前が生まれたが、妻に愛想をつかされ別居になり最後は離婚！」

「あまり相性がよくなかったようですね」

以前母から聞いた話では、妊娠中と産後の父の態度が気に入らなかったらしい。その後挽回するような出来事はなく気持ちがどんどん冷めていったのだとか。

「お前の叔母も同じようなものだ。突然結婚相手を連れてきたと思ったら妊娠していると言う。チャラチャラした職にも就いていない不安しかない相手だった。当然反対したが親の意見など聞かず式も挙げずに強引に結婚。そして二年も経たない内にあっさり離婚！」

「でも叔母さんは楽しそうに過ごしてますよ」

響一の叔母は、離婚後再婚せずに起業して美容業界で活躍している。彼女のひとり息子で響一の従兄にあたる広斗《ひろと》は、六条ホールディングスで働く同僚だ。響一のひとつ年上と年齢が近いこともあり、幼い頃からの親友でもある。

「私の兄弟も皆離婚した」

響一は深く頷いた。

「知ってます。当家は完全な離婚家系です」

夫婦仲が悪くなるのは、よくある話なのかもしれないが、問題は離婚を実行してしまう行動力だ。

結婚にしても離婚にしても、自分がこうだと決めたら周囲の反対や、世間体など気にしないで突き進む。上手くいけばいいのだが、無事添い遂げたのは祖父くらいだろう。

皆それなりに充実した暮らしをしているから、結果としてよかったのかもしれないが。

「おかげで私には甥《おい》も姪《めい》もいない。孫はお前と広斗のふたりきり。このままでは六条家はなくなる。お家断絶だ」

そんな大げさな、と思うが年老いた祖父にとっては重大問題なのだろう。

「だから六条本家を継ぐのは既婚者で安定した家庭を築いている者と決めたんだ。それなのにお前も広斗も結婚しようとする気配が全くない。どうなってるんだ！」

興奮する祖父を響一はまあまあと宥めた。頭に血が上って倒れでもしたら大変だ。

「俺も広斗も結婚したくない訳じゃないんですよ」

ただ相手がいないだけだ。

「そう思うなら見合いでもすればいいだろう？」

「誰でもいい訳ではないので」

「そんな贅沢を言える立場にあると思うのか！」

この様子では明日にでも身上書の山を持ってきそうだ。

（はあ……参ったな）

祖父の言い分も分かるが、今はそんなことをしている場合ではないのに。

（見合いなんかより城崎さんの問題をなんとかしないと……ん？）

響一の脳裏で、ある考えが閃《ひらめ》いた。直後勢いよく立ち上がる。

「な、どうした？」

「会長の言う通り、なんとしても結婚相手を連れてきます。ぜひ歓迎してください」

驚く祖父に力強く宣言した。

「え……」

あれほど結婚と騒いでいた祖父がポカンとしているが、響一は生まれたばかりのアイデアをブラッシュアップさせるべく急ぎ部屋を出て自室に向かう。

（一番いい方法があるじゃないか！）

花穂の結婚を阻止し、かつ祖父の不安を払拭し、更に自分が幸せになる方法が。

響一は決意を固め、六条家らしい行動力を発揮し動き始めた。

◇◇

十月一週目の土曜日。

花穂は父と共に、地元の高級料亭を訪れていた。

目的はお見合いだ。成人式以来の振袖を着付け、母行き付けのサロンでヘアメイクをした。

花穂はこんな格式ばったお見合いではなく、ホテルのラウンジでお茶を飲みながら、当人同士で顔合わせ、のような席を望んでいたが、父にあっさり却下された。

着なれない着物は苦しいし、口うるさい父にも疲れてしまう。しかし一番花穂の心を不安にするのは、やはり相手について殆ど知らないという事実だ。

身上書は確認したけれど、それでは人間性は見えてこない。どんなに立派な肩書で素晴らしい容姿を持っていても、中身は悪魔のような人間だっているのだから。

三年前の見合い相手でそのことを身を以て知った花穂は警戒せずにいられない。

緊張が高まったとき、閉じられた障子の向こうから足音が聞こえてきた。

(来た……!)

花穂はごくりと息を呑む。

(落ち着いて……しっかりしないと)

するすると障子が開く。花穂は伏せていた目を上げた。

「……えっ⁉」

次の瞬間、花穂は大きく目を見開いた。

(な、なんで?)

一体何が起こっているのだろう。あり得ない光景に、酷《ひど》く混乱する。

そんな花穂の耳に落ち着いた低い声が届く。

「六条響一です。遅くなり申し訳ありませんでした。本日はよろしくお願いします」

「あ……」

花穂は口を開いたものの、上手く声が出てこない。

(だって、どうして六条さんが?)

父が決めた見合い相手は、地元で最も大きな果樹園の経営者だったはず。数年前から始めたワイン販売が当たりかなり羽振りがいいのだと父が得意気に話していたし、身上書にもそのようなことが書いてあった。

茫然《ぼうぜん》と響一を見つめていると目が合った。彼は少しも驚いていない。優しく目を細めて微笑み、落ち着いた振舞いで席に着く。

つまり彼は見合い相手が花穂だと、障子を開ける前から分かっていたのだ。

「お気遣いなく、時間通りですよ。東京からここまでは遠かったでしょう。ご足労をおかけしました」

機嫌のよさが表れた父の声が耳に届いた。響一に対する気遣いも父にしては最上のものだ。

(知らなかったのは私だけ?)

どういうこと?と父に目で訴える。父は花穂の戸惑いを分かっているはずなのに完全無視だ。

「花穂、何ぼんやりしているんだ。六条さんに挨拶をしなさい」

「……城崎花穂です。本日はよろしくお願いいたします」

胸中に渦巻く感情を抑え、頭を下げる。

(私と彼が知り合いだって、お父さんは知ってるのかな?)

「こちらこそ。私の家族が同席出来ず申し訳ありません」

響一の態度から、初対面のふりをするのだと察した。

(事情が全く分からないけど、合わせた方がいいんだよね?)

「お忙しいのは理解しておりますのでお気になさらず。しかしいずれご挨拶の機会をいただきたいですな」

「もちろんです。父は海外在住のため、帰国のタイミングでご挨拶をさせていただきたいと思っています」

「おや、響一さんはご両親と別居でしたか?」

「私は祖父と本家で暮らしています」

見合いの席だから当然かもしれないが、響一のプライベートな情報が次々と入ってくる状況に戸惑ってしまう。

そんな父は上機嫌な笑顔で言葉を続ける。

「響一さんの祖父君と言えば、六条グループの前会長ですな」

「ええ。今は引退していますが」

「しかし影響力はまだまだ絶大だと聞いていますよ」

父は響一の会社と家庭事情について、それなりに調べてあるようだ。

(元会長のお祖父様ってどんな人なんだろう。響一さんに似ているのかな?)

未だ影響力絶大ということは、かなり厳しく怖い人なのかもしれない。

そんなことを考えていると、響一の視線が花穂に向いた。

「本人は隠居した身だと経営に口を出すつもりはないようですし、のんびり暮らしているので気構えなくても大丈夫ですよ」

まるで花穂の心境を読んだような言葉に、優しい眼差しだった。

「は、はい……」

花穂は胸の騒めきを覚えながら相槌を打つ。すると響一が嬉しそうに目を細めた。

「祖父が高齢のため、結婚後も同居したいと思っていますが、夫婦の住まいとして敷地内の離れを全面リノベーションするつもりなので、プライバシーは十分に保たれますし、内装などは全て花穂さんの好みにしてください」

「えっ？　あ、あの……」

（今、花穂って言ったよね？）

響一は平然とそれまでの城崎さん呼びから花穂と言い換えたが、花穂は動揺が隠せない。

見合いの席だから当然なのだろうが、彼から花穂と言われるとドクンと鼓動がひと際高く打つのだ。

しかも、早くも結婚に向けて話が進んでいる。

（これじゃあお見合いじゃなくて、結婚を決めたあとの打合せみたい）

響一は本当に花穂と結婚するつもりなのだろうか。それとも父の手前話を合わせているだけなのか。

彼の考えが読み取れず混乱する花穂に、響一が優しく微笑みかけた。

「この料亭は庭園の美しさが評判だそうですね。せっかくですからふたりで歩いてみませんか？」

「それはいい。花穂、響一さんと行ってきなさい」

普段よりも格段に愛想のよい父が、花穂の背を押す。響一が立ち上がり、エスコートするように手を差し出した。

「行きましょう」

「……はい」

花穂が彼の手を取ると、力強く引き上げられた。

中庭に出るとまず正面の大きな池が視界に入る。その周辺を紅葉が煌《きら》びやかに彩っている。絢爛豪華《けんらんごうか》という言葉が似合う素晴らしい庭園だ。

しかし花穂には美しい風景を楽しむ心の余裕などなく、一歩前を歩く響一を戸惑いながら見つめていた。

いつもはナチュラルな動きがあるブラックショートヘアが、フォーマルの場に相応しくセットされている。すらりとしたスタイルを包むのは上質なスーツ。

見慣れているはずの彼が、どこか違って見える。

今、彼は何を思いこの場にいるのだろう。

「六条さん」

緊張しながら呼びかけると、響一は足を止め振り返った。

視線が重なると気まずそうな表情になる。

「城崎さん、驚いただろう？　ごめんな」

「はい、すごく驚きました。まさか六条さんがお見合いの相手だとは思ってもいませんでしたから」

「そうだよな」

響一は相槌を打ち何かを言いかける。しかし花穂の背後に目を遣ると口を閉ざした。

「お父さんがこちらの様子を見てるな。歩きながら話そうか」

花穂もそっと後ろを振り返る。父は庭園に降りる縁側に佇みこちらを眺めていた。

おそらく花穂が妙なことをしないか監視しているのだろう。

「すみません、父は心配症なところがあって。あんなにじろじろ見られたら落ち着かないですよね」

「大丈夫だよ。それに急に見合い相手が替わったから心配するのは親として当然だ」

父に理解を示す響一に促され花穂はゆっくり歩み始めた。玉砂利の道の先は池で、中央を木の橋が渡っている。池には鮮やかな色合いの鯉が優雅に泳いでいた。

「城崎さんは突然縁談相手が替わり混乱しているよな」

「はい、何がどうなっているのか、全く分かっていなくて」

響一を見上げて言うと、彼は気まずそうに頷いた。

「こうなったのは俺が強引に割り込んだからなんだ」

「強引に？」

花穂は怪訝な思いで首を傾げる。花穂の縁談に響一が無理やり割り込む必要があるとは到底思えず、更に疑問が増えてしまった。

「あの、理由を聞いてもいいですか？」

「それは……先に謝っておくけど、実は伊那さんから城崎さんの事情を少しだけ聞いたんだ」

「伊那が？」

事情というのは、今回の縁談の件についてだろう。

（でも伊那がどうして……）

彼女は大切な事柄に関してはかなり口が堅いタイプだ。だから花穂の事情を響一に話したのは、なんらかの考えがあったからだろう。

その狙いがなんなのかは花穂には考え付かないけれど。

「家庭の事情で不本意な見合いをすると聞いたんだ。城崎さんがいないところでプライベートなことを聞く結果になって申し訳なかった」

「いえそれは大丈夫です。どうしても隠したいという程の話ではありませんから」

生活費のために結婚を考えているなんて、響一に知られたくなかった。でも彼が見合い相手として現れた今となっては、そんなことを気にしている場合じゃない。

「俺も今、家の事情で結婚を急かされているところだから、急な見合い話に困惑している城崎さんの話が他人事とは思えなかったんだ」

「六条さんも？……政略結婚とかですか？」

日本でも屈指の大企業六条グループの後継者の彼なら、そういった話がありそうだ。

「いや、相手に政略的なものは求めていない。ただ祖父が孫の結婚を見届けたがっていてね。今年八十五歳なんだけど、相当焦っていて顔を合わすたびにうるさく言われている」

かなり急かされているのか、溜息混じりに語る響一は、あまり見たことがない困り顔だった。

「そんな事情があったんですね」

（六条さんは結婚したくないのかな？）

彼なら結婚相手なんてよりどりみどりで、その気になればいくらでも相手がいそうなのに。

（それなのに憂鬱そうにしているのは、独身に未練があるから？）

「今まで仕事中心で過ごしてきたが、さっき言った理由でのんびりしている訳にはいかなくなったんだ。かと言って結婚相手を条件だけで選ぶことは出来ない」

「そういうことなんですね」

響一の事情はだいたい分かった。とにかく結婚を急がなくてはならないが、現在恋人も気になる相手もいないため困っているということだ。

ただそれに花穂がどう関係するのかは謎だけれど。

早く聞きたい気持ちを抑えて響一の説明に耳を傾ける。

「どうしようかと迷っているときに頭に浮かんだのが城崎さんだった」

「えっ、私ですか?」

思いがけない発言に戸惑う花穂に、響一が迷いなく頷く。

「結婚したらこの先ずっと一緒に生きることになるだろ。相手は側にいて心地よい人がいいと思った」

「それは、確かに」

花穂は同感だと頷いた。

彼が言う通り、政略結婚でも見合い結婚でも、穏やかに和やかに過ごせる相手がいいだろう。

「俺にとって城崎さんがそんな存在なんだ。アリビオで俺が落ち着いて過ごせるように気を遣ってくれていただろう？　そういった優しさが嬉しかった。それに君と話すと楽しいし癒されるんだ」

　響一の表情は穏やかで、声音には誠実さが表れていた。

　客とスタッフという関係ではあるが、彼と話すようになってそろそろ一年が経つから、多少は彼の人柄が分かっている。

　決してこんなときに嘘や冗談を言う人ではない。

　しかし本気で言っているとしたら、それはそれで問題だ。

（結婚相手は私がいいと言われているみたい、いや、まさか！）

　浮かんだ考えを、花穂はすぐに否定した。

　響一程の男性があえて花穂を選ぶなんて、どう考えても不自然すぎる。

（居心地がいいってだけで結婚相手を選ぶことはないだろうし）

　頭の中であれこれ考えを広げ困惑する花穂に対し、響一は落ち着いた様子で言葉を続ける。

「話を戻すけど、そんな風に考えていたときに、伊那さんから城崎さんの見合い話を聞いたんだ。しかもその見合い相手はうちが取引している企業の代表だった」

「えっ、そうだったんですか？」

「ああ。彼の会社が製造しているワインをうちが取り扱っている。まあそういった事情で、見合い相手とコンタクトを取ることは簡単だった。そこで君との見合いを俺に譲って欲しいと話して納得して貰った……城崎さん」

響一が立ち止まり改まった様子で花穂を見た。彼の顔からは笑顔が消えて代わりに真剣さが表れている。

「は、はい」

突然雰囲気が変わった彼の様子に戸惑いながら、花穂も足を止める。

(何を言われるんだろう……)

「俺と結婚して欲しい」

「えっ？」

緊張する中、信じられない言葉が耳に届き、花穂は大きな声を上げてしまった。

「なんで？」

「言っただろ？　結婚するなら城崎さんがいいと思った。俺たちは趣味も合うから結婚しても上手くやっていけると思う」

「で、でも……」

「城崎さんはどう思ってる？　正直な気持ちを教えてくれないか？」

「どう、とは？」

「俺では結婚相手に不足？」

「まさか！」

つい思い切り否定してしまった。

不足なんてあるはずがない。釣り合っていないとしたら確実に花穂の方だ。

「よかった」

響一はほっとしたように微笑む。まるで振られるのを恐れていたかのような顔。花穂に受け入れられて喜んでいるようだ。

（そ、そんなことあるはずないじゃない！）

花穂は俯き目を閉じた。とにかく一度冷静にならなくては。

頭の中で、今聞いた話を整理する。

彼は家庭の事情でなるべく早く結婚しなくてはならない。しかし恋人がいないため、結婚相手を探していた。ある日、ふと花穂のようなタイプがいいんじゃないかと思い付いた。

（そんなときに、伊那から私の結婚の話を聞いて、見合い相手になったということ？）

流れに間違いはないと思うが、どうにも腑に落ちない。

彼が言う通り花穂のことを気に入ってくれているのだとしても、それだけでわざわざ話が進んでいる見合い話に割り込むのは不自然ではないだろうか。

大変な調整になるだろうし、多くの人を混乱させてしまう。

（大切な恋人が他の人とお見合いをしてしまうって状況なら、必死になってそこまでやるかもしれないけど）

それこそ彼の持つ全ての力を使って、やめさせようとするのではないだろうか。

しかし花穂に対してそんな激しい恋愛感情を持っているとは思えない。

彼が言った通り、選ぶなら居心地がよい相手がいいな、程度の話なのだから。

（あ、そう言えば……）

大切なことを話していないと今頃になって気が付いた。

「あの、情けない話なんですが、私の実家は今経済的に困っています。今回のお見合い相手は、私の家への援助を約束してくれていたのです」

非常に言い辛い内容だったが、避けて通れない問題だ。

口にするのにかなり躊躇《ためら》ったが、響一は「ああ知ってるよ」と平然と頷き、特に問題視している様子はない。

「……つまり私の結婚はただのお見合いではなくて、支援の代わりなんです。ですから相手を変える訳には」

「その辺も心配いらない。城崎家への支援は俺がきっちりやるから」

「え……六条さんが？」

「ああ。城崎さんの実家だからな。その場限りのフォローではなく、長期的な視点で支援していくつもりだから心配しないで。それからカフェの夢も応援する」

ドクンと鼓動が跳ねた。

「私は今の仕事を辞めなくてもいいんですか？」

「職業選択は当然城崎さんの自由だ」

「でも、それでは私ばかり好都合ですよね？」

対して響一の方は金銭的損失が大きい。

花穂と結婚しても響一にマイナスばかりではないか。

「いいんだ。俺にもメリットがあるからね」

「メリットですか？」

そんなものが本当にあるのだろうか。思い付く限りではないけれど。

「城崎さんに俺の妻役をやって貰うんだから。これ以上ないメリットだろう？」

（妻役？）

花穂は響一の顔を見つめたまま瞬きした。そして数秒後に納得した。

(六条さんは私に仲のよい奥さんのふりをして欲しいんだ!)

年を取った祖父に結婚したと報告して安心させてあげたいのだろう。

つまり結婚のふりだ。実際婚姻届を出すかもしれないが、あくまで形だけ。

響一が求めているのは、気疲れせずに過ごせるパートナーなのだろう。

(そうだよね、私何勘違いしてたの)

急に自分が恥ずかしくなった。身の程知らずにも彼に求愛されていると思い込んでいたなんて。

(六条さんは、本当の恋人になって欲しいなんてひと言も言ってないのに)

初めから事情があって結婚しなくちゃいけないんだと言っていたではないか。

わざわざ花穂の見合いを潰したのは、話しやすい相手の中で、条件付きの特殊な結婚を受け入れてくれそうな人物が花穂だけだった、ということではないだろうか。

伊那に聞いて、花穂の家が困窮しているのを知り、丁度よいと思ったのかもしれない。

求愛ではなく求婚なのだ。

花穂は目が覚めたような思いで響一を見た。

「事情は分かりました。六条さんに援助をしていただく対価として、私は妻役をするのですね？」

間違いないだろう。彼が求めているのは、理解ある妻役の人間だ。

「大方はそうだよ。城崎さんに俺の妻になって欲しい。もちろん君の家への支援は惜しまないから」

「偽装結婚ということですね？」

花穂がそう言うと、響一の表情がはっきり分かる程曇った。

「六条さん？」

（なんだかやけに動揺していない？）

彼らしくないと感じる。

「どうしました？」

「……いや、なんでもない。それよりも偽装結婚という言い方はやめよう。酷く冷たい印象がある。俺は夫婦仲よくやっていきたいからね」

「分かりました。でも偽装じゃないとなんて言えばいいんでしょうね」

「特別な名称は必要ないんじゃないかな。確かに打算的な始まりだが俺は城崎さんとよい関係を築きたいと思ってるよ。正当な結婚だと受け止めて貰いたい」

「分かりました。何事も前向きに考えた方がいいですものね」

「ああ、きっと仲よくやっていける。まずはお互い苗字で呼び合うのをやめよう。今のままだと他人行儀すぎる」

「そうですね」

花穂は素直に頷いた。彼が言う通り婚約する者同士が苗字で呼び合うのは違和感がある。

問題解決の目途が付いたからか嬉しそうな響一に花穂は微笑んだ。

見合い相手が響一に替わったとはいえ、お金のために愛のない結婚をするという事実は変わらない。

それでも彼でよかったと思えた。ずっと重苦しかった気持ちが安堵に変わっていく。

「……ようやく笑ったな」

響一が優しい眼差しで花穂を見つめる。

「今日は一度も本当の笑顔を見せてくれないから心配だったんだ」

「それは、緊張していましたから」

よく見ていたのだなと驚くと共に恥ずかしくなった。

「リラックスしてきた？」

「はい」

「それはよかった」

そう言った響一がさり気なく花穂をエスコートして歩き始める。

「ここの庭園は見事だな」

「私も聞いた話なんですが、ここは本格的な日本庭園だと有名で、東京からわざわざ来るお客様もいらっしゃるそうです。紅葉と冬の雪景色が特に人気のようで」

花穂もようやく景色を楽しむ余裕が出てきた。

「そうだろうな」

橋を渡る前、足元に段差があったからか、響一がさり気なく手を差し出した。

「ありがとうございます」

細やかな気配りとスマートで自然な振舞いに、彼が経験豊富な大人の男性なのだと改めて感じる。

「花穂さんが、俺の申し出を受けてくれてよかったよ」

「あの、本当に私でよかったんですか？　響一さんならもっと条件のよい女性が他にいると思うんですが」

念を押すように問うと、彼は微笑む。それはどこか切なさを感じるもので、なぜなのか問おうとしたがそれよりも早く響一が口を開いた。

「俺は君がいいんだ」

真摯に訴えかけるようなその声に、ドキリと心臓が跳ねる。

「あ、ありがとうございます、光栄です」

「俺こそありがとう。末永くよろしく」

繋いだままの彼の手に力がこもった。

「……はい。こちらこそよろしくお願いします」

愛情からではない打算的な結婚を受け入れたはずだった。

実家の窮状を救うため。そして自分自身の夢のための割り切った関係。響一は『末永く』と言っていたが、状況により解消の可能性も十分にある。

それなのに、繋いだ手から感じる温かさが花穂を幸せな気持ちにする。

きっと上手くいく。幸せな未来が待っている。そんな予感がして花穂は響一に微笑んだ。

夫婦の距離

響一との結婚を決意したあとは、スムーズに縁談が纏まっていった。

城崎家の負債は一旦響一に肩代わりして貰うことになった。

父は六条グループの企業に職を得て、母は治療に専念する。家事は以前働いてくれていた家政婦の箕浦が求職中とのことだったので再度お願いをした。

花穂は東京に戻り、結婚準備に入る。空いた時間は自分の店を持つための勉強を続けるつもりでいたが、伊那から時間が空くならアリビオで働いて欲しいと請われ、バイトに復帰することになった。

住んでいたアパートは引き払ってしまっていたので、新居のリノベーションが終わるまでの二ヶ月の間住むマンスリーマンションを響一が手配してくれた。

アリビオがある東京駅から電車と徒歩を合わせて三十分以内。六条家からも車で十五分程度で行き来出来る好立地で、ゆとりのある１ＬＤＫ。備え付けの家具は上質なもので、素晴らしい環境だった。

当然家賃も高額で、カフェバイトの給料では到底支払えないランクのもの。響一が支払いをしてくれるにしても、そんな大金を払って貰うのは気が引けた。けれど響一が納得する物件が他にないとのこと。

『花穂さんにはセキュリティ万全な部屋で暮らして欲しいし、すぐに行き来出来る範囲にいて欲しい。総合的に検討した結果、ここしかないという結論なんだ。花穂さんの希望はなるべく叶えてあげたいけど、これだけは譲って欲しい』

『わ、分かりました』

懇願するように言われてしまっては、それ以上あれこれ言うのは逆に失礼だ。

部屋自体はとても気に入っているのだし、素直に好意を受け取ることにした。

マンスリーマンション入居初日。

花穂は元アパートよりも格段に広い部屋の各部をチェックしながら、少ない荷物の片付けをしていた。響一が朝からやって来て手伝ってくれている。

「問題はなさそうだな」

「はい。十分すぎるくらいです」

大画面のテレビにオーブンレンジなど必要な家電も最新のものが揃っている。食洗器に乾燥機まであり至れり尽くせりだ。二畳程あるウォークインクローゼットを始めとして、収納も十分。

「アリビオの仕事は来週からだろう？　今日は必要なものを買いに行こう」

「そうですね。でも響一さんは仕事ありますよね？　買い物は私ひとりで大丈夫ですから、行ってください」

「俺の予定は気にしないで大丈夫。必要なものを買って、帰りはどこかで食事をしよう」

てっきり仕事に戻ると思っていたが、丸一日休みを取ったと言う響一は花穂より張り切っているように見える。

彼に連れられ生活必需品を揃え、その後はなぜかブランドショップで花穂の服や靴を買うことになった。

「響一さん、私こういった服を買っても着る機会がなさそうなので」

シックなワンピースや、エレガントなスーツなど、響一が「花穂さんに似合いそうだ」と次々に選んでいくものだから、花穂は慌ててしまう。

仕事とカフェ開業準備が生活の中心だった花穂は、服にあまりお金をかけてこなかったし、関心もあまりなかった。ファッションに時間をかけるくらいなら貯金をしたかったし、他にやりたいことが沢山あったからだ。

「俺の妻になったら、着る機会が出てくる。花穂さんにはなるべく負担をかけないようにするが、どうしても外せない集まりは付き合って欲しいんだ」

響一の言葉に花穂ははっとした。

「それはもちろんです。ごめんなさい気が利かなくて」

考えてみれば彼の言う通りである。

六条家の御曹司である響一の妻という立場は、軽いものではないのだから。

身だしなみにも、これまで以上に気を配らなくては。

花穂は真剣に響一が選んだ服を手に取る。

(スーツとワンピースと、それに合う靴とバッグ……あとは何があればいいんだろう)

「気に入ったのがあったらスタッフに伝えて。それから俺にも選ばせて貰っていいかな?」

「響一さんが?」

なぜ?と首を傾げると、彼は魅力的に微笑む。

「妻を着飾るのは夫の特権だろ?」

男らしさと美しさを感じる表情にどきりとした。

思わず頬を染める花穂を満足そうに見つめた響一は、店内を見回しあれこれ物色しているようだった。

花穂は小さく息を吐き、落ち着かない鼓動を整える。

（響一さんって、あんな顔もするんだ）

カフェで会話するときの彼は落ち着いた大人の男性という印象だった。けれど今は少し茶目っ気があり、それでいて甘い。

どちらも魅力的ではあるが、想像していたのとは違う響一の態度に花穂は酷く戸惑っていた。

恋愛感情なしで結婚したふたりだから、穏やかなカフェの延長上のような関係になると思っていた。

仲よく暮らしていくにしても、お互い踏み越えないある一定のラインがあるのだと。

（でも響一さんは、私に素を見せている気がする。ラインなんてないみたいに、どんどん近付いてきて……）

それが嫌な訳ではない。ただ線引きが出来なくなりそうな自分が心配だ。

気を緩めたら実際の立場を忘れて、彼との時間を楽しんでしまいそうになる。

花穂はなんでもドライに割り切れる性格ではない。だからこそしっかり自分を戒めなくてはならないのに。

（夫になる人が魅力的すぎるのも問題だわ……）

響一は花穂のための服を真剣な表情で選んでいる。そんな姿に客の女性の見惚れるような眼差しが集まる。

彼は全く気付いていないようだが、完全にロックオンされている。

（本当に私なんか選ばなくても響一さんと結婚したい人なんていくらでもいそうだよね）

そんなことを考えながら見つめていると、響一がこちらに身体を向けた。

目が合うと、彼は笑顔になり近付いてくる。

「花穂さんに似合いそうなのがあった。試着してみないか？」

（こんなに素敵な人が、周りの目を気にせずに私の服を真剣に選んでいるなんて……）

不思議な気分だった。同時に嬉しくもある。

「そうしてみますね」

花穂はとくんとくんと胸が高鳴るのを覚えながら、響一から服を受け取った。

ファッションショーのように何度も着替えをして、あれこれ悩んだ結果、最終的に全てを買うことになった。

響一が「どれも似合うから全部買おう」と言い出したからだ。

こんなスケールの大きい大人買いなんて初めてだ。花穂はかなり慌てたが響一の勢いは止まらない。

服に合わせてバッグに靴にアクセサリーまで複数買い上げた。

「いい買い物が出来たな」

金額を聞くのが恐ろしくなるくらい散財したというのに、響一は満足顔だ。

「沢山買ってくださりありがとうございます」

（男の人って妻にプレゼントするのが楽しいものなのかな）

「気に入ってくれた？」

そう聞いてくる響一の目には期待が滲んでいる。

「はい、とても。ライトグレーのワンピースは、お祖父様へのご挨拶のときに着ようと思ってます」

「それがいい。きっと最高に似合うよ」

響一の表情が嬉しそうに綻ぶ。

「そ、そうだといいんですが……」

花穂は思わず響一から目を逸らした。

（響一さんってこんな風に笑う人だったんだ）

彼の主なイメージは落ち着いたビジネスマン、何事にも動じない出来る大人の男性だったと言うのに。今はとても感情豊かだ。

（さっきも思ったけどやっぱり素を出してるよね？　それとも気を遣ってくれてる？）

彼は優しいから花穂が気まずくならないようにフレンドリーに振舞ってくれているのかもしれない。そう納得しようとするものの、響一の表情や声が花穂との時間をとても大切にしているように思えて、勘違いしそうになる。

（そんなことあるはずがないのにね……勝手に思い込んで悩むのはやめよう）

いちいち戸惑ってしまうのは響一との関係が、予想していたものと違うからだ。

「どうした？」

ずっと黙っていたからか響一が心配そうに花穂の顔を覗き込んできた。

「い、いえ。なんでもないですよ」

「それならいいけど。困ったことがあるなら相談して欲しい。必ず力になるから」

そう言う響一の表情は真剣だ。

「……ありがとうございます。今のところは本当に大丈夫です。お祖父様への挨拶のことを考えていたら少し緊張してしまったんです」

「ああ、それなら大丈夫」

響一はほっとしたように目元を和らげる。

「会長……祖父は花穂さんと会うのを楽しみにしているから、大歓迎されると思う」

「そうなんですか？」

「張り切って歓迎の準備をしているよ。離れのリノベーションや結婚式についても口出ししたそうにうずうずしていて困ったものなんだ」

響一は参ったとでも言うように肩をすくめる。

「結婚式まで……」

「まるで自分が結婚するかのようにあれこれ調べている。もちろんリノベーションも結婚式も花嫁の意見が最優先だと釘を差してあるから安心して」

「あ、はい。それは大丈夫です。結婚式についてはお祖父様の希望になるべく沿う形でいいと思いますし」

そもそも響一は祖父のために結婚を決意したはずだ。

それなのに花穂の好みの式にしていいと言われると困惑する。

響一に愛されている訳ではない自分の好みなどを反映していいのか躊躇いがあることと、結婚式に対する夢のようなものがないからかもしれない。

（夢がないというより、現実味がないのかも）

花穂は隣を歩く響一を横目で見た。グレーのジッパーニットに、黒のスキニーパンツというシンプルな装いなのに、彼自身の素材のよさが際立ち歩いているだけで人目を引く。

端整な横顔はつい見入ってしまう程だ。

（こんな特別な人と結婚するなんてまだ信じられない）

しかも彼はあの打算的な始まりが嘘に思える程、花穂に優しく心を開いてくれている。

「優しいんだな。でも本当に気を遣わなくていいんだ。一度きりの結婚式だ。よい思い出になる式にしよう」

響一が柔らかく微笑む。

「……はい」

花穂はドクンドクンと落ち着かない鼓動を感じながら、頷いた。

（一度きりの結婚式……響一さんは本当にそう思ってるの？）

勘違いをしてはいけないと思っているけれど、響一が本当に花穂との結婚を望んでくれているように感じてしまう。

「楽しみだな」

更に優しく笑いかけられると、胸の騒めきが止まらなくなるのだった。

「花穂さんのような素晴らしい女性が、響一に嫁いでくれるとは有難い！」

六条家の屋敷に豪快な笑い声が響く。

「い、いえ……至らない点が多々あると思いますが、少しでも早く六条家に慣れるよう……」

「いやいや、そんなに構えなくていい。好きに過ごしてくれたらいいんだ。響一が世話をかけると思うが、見捨てずにいてやって欲しい」

「ありがとうございます。私こそ響一さんにがっかりされないように努力します」

花穂は恐縮しながら頭を下げた。

響一に連れられて、彼の祖父への挨拶のために六条家を訪れたところ、祖父自ら玄関までやって来る大歓迎をされた。

通された応接間の座卓にはずらりとご馳走が並んでいた。

響一から祖父が楽しみにしていると聞いてはいたものの、想像以上の事態に驚きながら席に着き挨拶をして今に至る。

上機嫌の祖父、あたふたする花穂、そして花穂の隣の響一は涼しい顔だ。

上品に箸を運び食事をしていた響一は、花穂の視線に気付いたのかこちらを向き微笑んだ。

「何か取ろうか？」

「だ、大丈夫です」

花穂は慌ててそう言い、同時に失敗したと凹んだ。

（私こそ響一さんに聞くべきことだった……きっと気が利かないと思われたよね）

気まずい思いで祖父の方をちらりと見る。しかし心配とはうらはらに祖父は相変わらず満足そうに花穂を見ているのだった。

（そんなに響一さんの結婚を望んでいたのかしら）

この何もかも受け入れるというかのようなあまりに寛大な態度は、花穂が歓迎されているというよりもとにかく響一の妻を望んでいたからのように感じる。

「花穂さんはカフェで働いていると聞いているが、結婚後も続けるのかな？」

しばらくすると、祖父が思い出したように問いかけてきた。

「はい。いずれは自分の店を出したいと考えています」

六条家後継者の妻としては相応しくないと思われるかもしれないが、譲れないところなので正直に告げた。

「それは楽しみだな。開店に関しては六条家が全面的にバックアップするから何も心配しなくていいからな」

特に反対される様子はなくほっとした。

「そうだ、先日よい土地を手に入れたんだった。よかったらそこで……」

反対どころか盛り上がる祖父に、響一が呆れたような溜息を吐く。

「会長、カフェの開業に関しては口出ししないでください」

「口うるさくなるのは、お前が頼りないからだろう」

「それは否定しませんが、手助けは望まれたときまで待ってください。彼女の意思を大切にしたいので」

きっぱりと言い切った響一の言葉に感じるものがあったのか、祖父は反論せずに言葉を呑み込んだようだった。

「気にせず好きにしていいからな」

「……ありがとうございます」

響一の気遣いが籠《こも》った言葉が嬉しかった。カフェの開業など六条家の力をすれば容易い。けれど花穂がそれを望んでいないと響一は分かってくれているのだ。

自然と笑顔になると、響一が慌てたように目を逸らした。

「響一さん？」

一体どうしたのだろうか。

「……いや、なんでもないよ」

「そうですか？」

「ああ」

「花穂さん、気にしないでやってくれ、年甲斐《がい》もなく照れているだけだ」

祖父が呆れたように呟く。声が小さくよく聞こえなかったうえに、よく分からない微妙な空気が漂っているが、花穂はなんとなく楽しい気持ちでくすりと笑った。

その後、力を抜いた会話が続きすっかり打ち解けたのだった。

響一との結婚を決意し東京へ戻ってきて半月が経った。

花穂は日中は新居のリノベーションや、カフェ開業のための勉強に費やし、週五日十六時から二十二時までアリビオで働いている。

「今日の賄いはタンドリーチキンよ」

クローズ作業がだいたい終わったところで、伊那がワンプレートに綺麗に盛った賄

よい。

白い大皿にはタンドリーチキンとサラダ、小さなカップにミネストローネと彩りがいを運んで来た。

「わあ、美味しそう！　いただきます」

テーブルに着き、遅めの夕食を取り始める。

「今日は迎えは？」

「会食があるそうだけど、私が終わる頃に来るって言ってた」

「ふーん……」

伊那がにやりと含み笑いをする。

「どうしたの？」

「仲がいいなと思って。新婚さんって感じだよね」

「ちょっと揶揄《からか》わないでよ……事情は説明したでしょ？」

伊那にだけは響一との結婚を決めた経緯を話してある。本当は誰にも言わない方がいいと分かっているが、花穂が実家を出てからずっと相談に乗って貰い心配をかけてきた彼女に、嘘はつけなかったのだ。

もちろん響一にその気持ちを伝え、伊那にだけ話すことを了承して貰っている。

「私と響一さんは、そんな関係じゃないんだから」

「そうかな～？　その割には仲よい感じだけど。気が合うみたいだし本当の結婚にしちゃえばいいんじゃない？」

「いいんじゃないってそんな簡単に言われても、私ひとりでどうにか出来る問題じゃないし」

花穂がそう言うと、伊那は楽しそうに目を細める。

「と言うことは響一さんがその気になれば花穂はOKということだ」

「え？　そんなこと言ってないじゃない」

「言ってるも同然でしょ？　私はその気だから、あとは彼の気持ち次第って聞こえたよ」

「伊那の勘違いだよ」

花穂はこの話は終わりと言うように、食事を始める。

しかし伊那は自分も箸を動かしながら、話を続けようとする。

「花穂はさ、以前の婚約が原因で男の人と関わるのを避けていたでしょう？　でも響一さんに対してはカフェの客とスタッフだったときから苦手意識がなかったみたいだし、実は前からふたりが付き合ったらいいんじゃないかなと思ってたんだよね」

「そんなこと考えてたの？」

「うん。花穂が心配だったから。それでどうなの？　私の言ってること当たってない？」

「……まあ、一部は当たってるかも」

伊那の言う通り、響一には元から苦手意識がなかった。

気さくに話しかけてくるのに、押し付けがましくなく、これ以上は踏み込んで欲しくないというラインがまるで見えるかのように、適切な距離を置いてくれていた。

親しくなるにつれ花穂のラインは下がっていき、いつの間にか気を許すようになっていたのだ。

「だったらいいじゃない。偽装とか契約だとか意識しすぎないで、響一さんが気に入ったなら素直な気持ちを伝えたらいいんだよ」

「ちょっと待って、気持ちを伝えるってそこまで考えてる訳じゃないから」

「時期尚早ってこと？　まあ結婚するんだし時間はいくらでもあるけど。ところで入籍と式はどうするの？」

「届けは来週にでも出す予定」

祖父への挨拶が済んだので早々に婚姻届を提出したいと響一が希望した。

「式は響一さんの仕事とかご家族の都合があるから、一年後を考えてるの」

式場など各種手配は六条グループにブライダル関係の会社があるので、融通が利くらしい。

日程と招待客が決まったらあとは好きにしていいと言われているが、今のところはまだ何も手を付けていない状態だ。

「そう。一年なんてすぐだろうね。花穂の花嫁姿楽しみにしてる」

「ありがとう」

その頃、自分と響一の関係はどうなっているのだろうか。ふとそんな考えが頭に浮かんだ。


十二月上旬の金曜日。

花穂と響一はふたりで婚姻届を提出した。

これは本物の結婚ではない。その心構えは今も変わらないというのに、受理されたとき、響一の妻になったのだと改めて実感し胸に迫るものがあった。

「改めてよろしく」

区役所を出るとすぐに響一が言った。

優しい眼差しに、心が温かくなり花穂は微笑んだ。

「はい。こちらこそよろしくお願いします」

本心からの言葉だった。打算的な始まりだったふたりでも彼とならいい関係が築ける、根拠はないけれどそんな気がするのだ。

その後結婚指輪を注文していた宝飾店に行き、出来上がったマリッジリングを受け取った。

シンプルで上品なデザインのそれは花穂の細い指に馴染んだ。響一も自身の指にはめたリングを感慨深そうに眺めている。

「これを受け取って欲しい」

宝飾店を出て響一の車に乗り込むと、彼がどこからか綺麗に包装された小さな箱を差し出した。

（プレゼント？）

花穂は首を傾げながら、彼の手から受け取る。

「開けてみて」

「はい」

戸惑いながらも花穂は美しい包装紙を丁寧に開いていく。

包装紙の中身はアクセサリーが入っていると思われるケースで、サイズ的に指輪のようだ。しかしマリッジリングは今受け取ったばかり。

怪訝な面持ちでケースを開く。中に入っていたのはマリッジリングよりも華やかなデザインの指輪だった。

「これ……エンゲージリングですか？」

花穂の言葉に響一が頷く。

「必要ないと言われていたが、どうしても贈りたくてオーダーしたんだ。結婚指輪と同じタイミングになったのが残念だけど、受け取って欲しい」

「……ありがとうございます」

ダイヤモンドが煌めくエンゲージリングはうっとりする程美しい。だがそれよりも彼が花穂のために選びこうして贈ってくれた気持ちを嬉しいと感じた。

「よかった、受け取ってくれて。いらないと言われたらどうしようかと思った」

響一がほっとしたように息を吐き、冗談めかして言う。

「受け取らないなんて、そんなことある訳ないですよ。でも私は何も用意出来ていなくて、申し訳ないです」

エンゲージリングのような高価なものではなくても、何か記念になるようなプレゼントを考えておけばよかった。

「そんな気を遣わなくていい」

「でもいつも私ばかりが貰っているから……そうだ。響一さん何か欲しいものはありませんか？」

今更遅いかもしれないが、彼が喜ぶものを用意したい。

「本当に気にしなくていいのに……でも、そうだな」

響一が何か思い付いたような明るい顔をした。花穂が期待して彼の言葉を待つ。

「夫婦になったことだし、これからは花穂って呼んでもいいか？」

「え……はい、もちろんですけど……そんなことでいいんですか？」

拍子抜けする花穂に、響一は笑顔で頷く。

「ああ。そうだ俺のことも呼び捨てでいいから」

「いえそれはちょっと……」

「嫌なのか？」

響一の笑顔にたちまち影が差す。

「違います！　そうじゃなくて響一さんは年上だし元々お客様だったし、急に変えるのは難しいから」

慌てて弁解すると、響一は納得した様子で頷く。

「分かった。無理強いはしない。でも少しずつでいいから距離を縮めていきたい。いずれは敬語もなしで。俺たちは夫婦になったんだから」

そう言って魅惑的な眼差しを向けられると、落ち着きなく胸が高鳴る。

（でも、嬉しい）

彼がどういう気持ちで言っているのかは分からない。それでも距離を縮めていきたいという気持ちは花穂も同じだ。

（ああ、私、響一さんともっと親しくなりたいと思ってるんだ）

かりそめの夫婦だからある程度の線引きが必要だと思っていた。けれど響一の方がどんな形にせよふたりの縁を大切にしようと思ってくれているのなら、花穂も素直に彼の好意を受け取っていいのではないだろうか。

（彼の言葉を無視して、自分の気持ちを押さえて、頑なに距離を置こうとする方が間違っているんじゃないの？）

だって響一は初めから花穂に対して優しくていつでも気遣ってくれていた。

それなのに頑なになっていたのは、間違いなく花穂の問題だ。

支援して貰う側という弱い立場が、余計な感情を抱いては駄目だとストップをかけるというのもあるが、一番は過去の出来事だ。

どうしても以前の婚約失敗の件が頭を過ってしまう。

響一は元婚約者とは違う。そう分かっているのに同じような痛みを二度と味わいたくないと思うあまり、臆病になっている。

(でもこのままじゃよくないよね)

嫌な記憶を克服して前に進むためには、まず花穂自身が変わらなくては。

「響一さん……私、よい夫婦になれるように頑張りたいです」

花穂にとっては素直な気持ちを伝えるよりも、予防線を張って傷付かないようにする方が楽だ。けれど勇気を出して想いを口にした。

「ああ」

響一は輝く笑顔になる。

(響一さん嬉しそうに見える。思い切って伝えてよかった)

夫婦になったこの日はとても嬉しい大切な思い出になったのだから。

同居開始

新年を迎えた六条家は、お昼前から絶えない来客で賑わっている。

広間で親族たちが久し振りの再会に盛り上がる中、花穂は別室で響一の父と初顔合わせを行っていた。

「花穂さん、ようやく会えたね」

そう言って優雅に微笑む響一の父は、聞いていた年齢よりも若々しく、エネルギーに溢れて見えた。

響一の話では、離婚後にアメリカに渡りそこで知り合った現地の女性と再婚。現在は妻と共に農場を経営しているのだそうだ。

「はじめまして。お会い出来て嬉しいです」

「こちらこそ。響一が結婚すると聞いて心配だったが、仲よさそうでよかったよ」

「心配ってどういうことですか？」

上機嫌に語る父に、響一が呆れたような声を出す。

「これまで結婚に全く関心がなかったように見えたから妻になる女性をちゃんと気遣

えるのかと思ってね。でもその心配はいらないようだ」

「もちろん心配はいりません。俺たちは上手くやっていますから」

響一がそう言って花穂を見る。その眼差しは優しく花穂は照れながら頷いた。

彼が言う通り、婚姻届を出してから一ヶ月。

共通の休日の日曜日には必ず行動を共にし、ドライブやショッピングなどを楽しんでいる。ふたりで過ごす時間が増えたことで確実に距離が近くなり、お互いに馴染んできていた。

「花穂さん響一をよろしく頼む。それから落ち着いたらふたりで遊びに来るといい。何もないがよいところだから」

「はい。必ず伺います」

一時間程談笑すると父は早々に帰ると言ったので、響一とふたりで見送った。

「お父様はお祖父様や親族の皆さんとも久し振りの再会ですよね？　話さなくてよかったんでしょうか」

「ああ。六条の親族とはあまり上手く行ってないんだ」

「え？」

少しひそめた声の響一の言葉に、花穂は戸惑い首を傾げる。

「離婚して六条家を出たとき、親族とかなり揉めたそうだ。以降距離を置くようになっている。親族は父を無責任と言うが、父はそういった言動にうんざりしている」

「そうなんですね……」

響一の両親は協議離婚で殆ど争わずに決まったと聞いていた。

先日オンラインで挨拶をした響一の母は朗らかな人で、親子関係は良好に見えた。

六条家は平和な家庭だと思っていたけれど、そうとは言い切れないようだ。

「親族が父の結婚に口出しをするのは、危機感を持っているからなんだ」

「危機感？」

「そう。うちの会社は代々六条家の人間が率いてきたが、今後もそうだとは限らない。一族の人間じゃなくても能力が高い者がリーダーに望まれる可能性もある。そんな中、本家の長男である父が相続を放棄して家を出ていった訳だから風当たりが強くなるのは仕方ない」

「……そうなんですね」

花穂はごくりと息を呑んだ。六条家のような家庭の場合、ただ家を出たとか離婚したとかそんな単純な問題ではないのだ。

（だからこそ響一さんへの期待が大きくなるのかな）

親族たちが彼に注目しているのがよく分かった。その妻である花穂も同様だ。好意的な視線もその逆もある。

今のところ直接何か言われるようなことはないけれど、花穂に対して不満を持っている人もいるかもしれない。

「正月早々こんな話をしてごめんな」

「い、いいえ、大丈夫ですよ」

不安が顔に出てしまったようで、響一に余計な気を遣わせてしまった。

「花穂は心配しなくて大丈夫だからな」

「はい。でも響一さんも無理しないでくださいね。期待が大きくて大変だとは思いますが、私でも愚痴を聞くくらいは出来ますから」

「花穂……」

響一が感動したように花穂を見つめる。

「ありがとう。心強いよ」

実際花穂が出来ることは少ない。それでも辛いときに寄りそうことが出来たら。

(こんな気持ちになるのは、夫婦になったからなのかな)

いつの間にか響一の問題をまるで自分のことのように受け止めて、それが当然だと感じているようになっていた。

「響一」

玄関から室内に戻ろうと踵《きびす》を返したそのとき、背後から呼びかけられた。

響一と花穂は同じタイミングで振り返る。

そこにいたのは響一と同年代の男性だった。

すらりと長身で、くせがあるブラウンのミディアムヘアが第一印象を柔らかなものにしている。

顔立ちはかなり整っており、目元にあるほくろのせいか表情が色っぽい。

「広斗、来たのか」

響一が気安い様子で声をかけた。

(親族の方かな？　どこかで見かけた気がするけど……)

それがどこだったのかが思い出せないのがもどかしく、花穂はつい彼の顔をじっと見つめてしまう。

すると視線に気付いたのか、男性が花穂に目を向けた。

「花穂、彼は六条広斗、俺の従兄だ」

説明をしてくれた響一に頷き、広斗に向き直る。

「はじめまして、花穂と申します」

「はじめまして。あなたのことを響一から聞き、早く挨拶をしたいと思っていました」

広斗が感じのよい笑みを浮かべる。紳士的な印象だ。低音の声音は響一に似ており、ふたりの血縁を感じさせる。

「響一さんから私の話を？」

（事情をどこまで話しているのかな）

響一と広斗はかなり親しそうに見えるが、結婚の経緯についてまで打ち明ける程親しい関係かは、まだ分からない。

「響一とは同僚でもあるので、話を聞く機会が多いんですよ」

「広斗さんも本社勤務なんですね」

「ええ。響一は営業部で僕は海外部と仕事内容は違いますが」

彼との会話で閃くものがあった。

「あの広斗さん、もしかしてアリビオにいらっしゃったことがありませんか？　本社ビル近くのカフェなんですが」

アリビオで接客したことがあるから、見覚えがあったのだ。

「伊那さんの店ですよね。二度程立ち寄らせて貰いましたよ」

「そうなんですね。私はそのカフェで働いているんです。広斗さんとは初めて会う気がしなかったのですが、そのときお見かけしていたからですね」

広斗が優しく目を細める。

「あのとき店内に花穂さんがいたんですね。気付けなかったのが残念だ」

「私は直接広斗さんの接客はしませんでしたから。覚えていなくて当然です」

もし接客したとしても、飲食店のスタッフの顔をいつまでも記憶していないだろう。

「いえ、花穂さんのような素敵な女性を見逃すなんて失態ですよ」

「え……」

「おい広斗、花穂を揶揄うな」

花穂が戸惑っていると、響一が間に入ってきた。

(びっくりした……揶揄われてたんだ)

きっとコミュニケーションの一環なのだろうが、こういうときに上手く対応出来ないのが、自分の駄目なところだと花穂は小さく溜息を吐いた。

カフェでの接客は仕事と割り切っているため、出来る。しかしプライベートとなると、相手の言葉にいちいち反応して動揺してしまう。つまり社交が苦手なのだ。

響一の妻という立場上、きっと人付き合いが増えるだろう。彼は気にしなくていいと言っているがそうはいかない。

（もっと社交的になれるように頑張らなくちゃ）

　密かに決意をしてから気持ちを切り替えて広斗に笑顔を向ける。

「広斗さん、広間に親戚の皆さんが集まっています。ご案内しますね」

「ありがとう」

三人で広間に向かう。広斗は六条本家に訪れる機会が多いようで、とても慣れた様子だ。

　親族たちも彼に気付くと次々話しかけていた。

（響一さんと同じくらい注目を浴びている）

「広斗くん、久し振りだね。こっちに座りなさい」

「お久し振りです、失礼します」

　彼はあっという間に場に馴染み、気付けば話題の中心になっていた。

　花穂も親族の輪に加わる。緊張したが響一が常に隣でフォローしてくれたため、あまり気負わずにいられた。

　しばらくして会話がひと区切りつくと、響一が耳元で囁いた。

「広斗がまた変なことを言ってても取り合わなくていいからな」

先ほど花穂を揶揄った件だ。

申し訳なさそうな響一に花穂は大丈夫だと微笑む。

「響一さんと広斗さんは仲がいいんですね」

「そうか？　まあ年が近いからな。お互い親に放任されていたのもあって、長期休暇は大抵一緒に過ごしていたんだ」

「幼馴染でもあるんですね」

響一が頷く。

「覚えている限り一番古い友人が広斗だ」

「そうなんですね」

今は惚れ惚れするくらい素敵な大人の男性である響一たちも、小さな子供の頃は元気に外を駆けまわったりしたのだろうか。

子供時代の響一を見たいと思った。

（今度、写真見せて貰おうかな）

そんなことを考えていると、上機嫌な祖父の声が耳に飛び込んできた。

「響一が花穂さんという素晴らしい妻を迎えた。次は広斗の番だな」

「はあ、またその話ですか」

広斗はうんざりしたように溜息を吐く。

(響一さんだけじゃなく、広斗さんも結婚を急かされてるのね)

それにしてもなかなか気まずい。ちらりと響一の様子を見ると、彼はこんな状況は慣れているのか涼しい顔だ。

「なんだその態度は。お前は響一よりひとつ年上だというのに、いつまでも落ち着かずにフラフラしおって、心配になるのは当然だろう!」

「だからといって新年早々人前で言わなくてもいいでしょう? ほら花穂さんが驚いていますよ」

「えっ?」

広斗の言葉に祖父がはっとした様子で花穂を見る。それからしゅんとしたように眉を下げた。

「花穂さん、すまないね。広斗を見ていたらついもどかしくなってしまってな。驚かせて悪かった」

「い、いえ大丈夫です。私のことはお気になさらず。ね、響一さん」

響一に思わず助けを求めた。

「そうだな。俺たちに気遣わなくていいので、ふたりで話し合ってください」

響一はそう言うと花穂に優しく微笑む。

「花穂、俺たちは離れに行ってリノベーションの進み具合を確認しないか？」

「そうですね。見てみたいです」

祖父たちに断りを入れて部屋を出た。六条家は広く同じ敷地内と言っても離れまではかなり歩く。

響一が見合いの席で言っていた通り、同居と言っても十分にプライバシーが確保されている。

中庭を通った先の小さな平屋建てが、新居となる離れだ。屋根から外壁、室内まで全て工事が入るが、花穂の意見を多く取り入れて貰っている。

作業は大分進み今月中頃には入居出来る予定だ。

しかしまだ外壁は足場で囲まれているし、室内の床にはシートが敷かれた状態で完成したときのイメージを掴むのは難しい。電気もまだ通っておらず、室内でも外と変わらない寒さだ。

(新居を見るのは、あの場を離れる口実だったのかな)

祖父と広斗との会話に花穂が付いていけていないのを察してくれたのかもしれない。

「かなり冷えるな。大丈夫か？」

響一が心配そうに花穂を見た。

「響一さんに言われて上着を持ってきたから大丈夫ですよ」

そう答えると、彼は少し困ったような表情になった。

「さっきは驚いただろ。ごめんな」

「大丈夫ですよ。でもやっぱり理由を付けて連れ出してくれたんですね」

「エスカレートして口論になりそうな気がしたからな。あのふたりいつもあんな感じなんだ」

響一はそう入って肩をすくめる。

ふたりしてなんとなく縁側の方に足を運ぶ。

「お祖父様はかなり結婚に拘っているんですね」

響一から聞いてはいたが、実際目《ま》の当たりにすると想像以上だった。

「自分以外は全員離婚して独身だからな。このままでは六条家が絶えると焦っているんだ。最近特にうるさくなったから年齢のせいもあるのかもしれない」

「それに響一さんと広斗さんのことが心配なのかもしれないですね」

(たったふたりの孫には、幸せになって欲しいと思っているんじゃないかな)

結婚が幸せだと決まっている訳ではないが、祖父の価値観ではそうなのだろう。

「まあ、気にしてくれているのは確かだな。口は悪いが家族への情は厚い人だから」

「だから響一さんもお祖父様を慕っているんですよね」

響一はなんだかんだ文句を言いながらも、祖父にかなり気を配っているし心配しているのが分かる。彼にとっては両親にも匹敵するような大切な家族なのだ。

花穂の言葉に響一は照れたように目を伏せる。そんな顔を見るのは初めてだった。

(少し、可愛いかも)

完璧で隙《すき》がない響一の印象が婚約してから人間味が溢れたものに変わっていき、今ではとても身近に感じる瞬間がたびたび訪れる。

「広斗さんは、結婚を考えていないんですか?」

響一は偽装結婚という方法を取ったが、彼はずっとのらりくらりとかわしていくつもりなのだろうか。

「……ああ。当分はしないだろうな」

響一の顔が僅かに曇った。

(あれ、広斗さんには何か問題があるのかな?)

気になったものの、プライベートな話のため踏み込み辛い。

「そろそろ話題も変わっているだろうし戻ろうか」

「あ、はい」

「そこ段差になってるから気をつけて」

響一がさり気なく花穂の手を取り、玄関に促す。

初めは手を繋ぐだけで狼狽えていたが、今は大分慣れて自然に受け入れるようになった。

大きな彼の手に包まれていると、守られているような気がして安心する。

手を繋ぐのが自然になると、肩を抱き寄せられたり、背中に手を添えられたりと、ささやかなスキンシップが増えてきた。

響一はとても自然にそういった行動をする。彼も花穂に慣れてきているからだろうか。

（新居が整って一緒に生活するようになったら、もっと近い関係になるのかな）

玄関に向かう途中、花穂はちらりと玄関近くの個室に目を遣った。

廊下を挟む形の主寝室と洋室が二部屋。花穂たちはそれぞれの私室として使う予定でいるのだけれど……。

（響一さんは子供のこととかどう考えているのかな）

ふとそんな考えが脳裏を過る。

祖父が結婚を急かすのは、六条家の親族がどんどん減っている現状に焦りを覚えているからだ。ならば当然響一の子供について強い関心を持っているはず。

しかし花穂と響一は普通の夫婦ではなく、もちろん体の関係は一切ない。

(響一さんは離婚を考えている様子は全くないから、後継ぎを産むのは私になる？でもそうなると彼とそういう行為をするって訳で……)

ついあれこれ想像しそうになり、花穂は動揺した。

「花穂、どうした？」

様子がおかしいと感じたのか、響一が怪訝そうに花穂の顔を覗き込む。

「えっ、べつに、なんでもないよ？」

慌てて片言になってしまった。いつもの花穂らしくない反応だったからか響一が目を丸くして噴き出す。

「どうしたんだよ？」

「いえ、本当になんでもなくて……」

(ああ、恥ずかしい)

確実に変な人だと思われた。かと言って子作りについて考えていたことは絶対に秘密だから誤魔化すしかない。

「今日の花穂は変だな。でもすごく可愛い」

響一の悪戯心を刺激してしまったのか、やけに色っぽく耳元で囁かれた。

「う……響一さんって結構意地悪ですね」

大人の男の色香にやられてしまい、花穂は真っ赤になって俯いた。

「あー好きな女に対してはそうかも」

「もうっ！」

これ以上揶揄って羞恥心を煽《あお》らないで欲しい。

くすくす笑う響一に厳しい目を向けて抗議する。おそらく効き目はないけれど。

「ごめん、俺が悪かった」

そんな風に口では言いながらも、響一の目は楽しそうだ。

「花穂、機嫌直して」

建物から出ても響一は花穂の手を離さない。優しい目で嬉しそうに花穂を見下ろしていた。

客間に戻ると響一が言う通り、話題が変わったようで他の親族を交えての歓談中だった。

「花穂さん、離れはどうだったかな？」

祖父は花穂に気付くと、上機嫌で声をかけてきた。

「順調に工事が進んでいました。お庭を少し歩いたのですが綺麗に整えられていて、部屋からの眺めも素敵になりそうです」

「そうか。完成したらすぐに引っ越してきなさい」

にこにこして言う祖父に、響一が身を乗り出した。

「あまり花穂にプレッシャーをかけないでくださいよ。仕事の都合だってある訳だし焦って引っ越す必要はない」

「お前はまた呑気なことを言いおって！」

再び怒りだした祖父に広斗が呆れたような溜息を吐く。それから花穂に気遣うような視線を向けた。

「花穂さん、騒がしい家族で申し訳ない。祖父の話は気にしなくていいですからね」

「はい。お気遣いありがとうございます」

広斗は申し訳なさそうな顔をしていたけれど、花穂はこの賑やかな空間が割と好きだと感じていた。

和気藹々《わきあいあい》としていて、自分もその輪に入っていると思うと温かな気持ちになった。

年末年始の休暇が終わり、日常が戻ってきた。

花穂は相変わらず週に五日アリビオで働く傍ら、ときどき実家に両親の様子を見に行く生活を送っている。

一月中旬の週末。花穂はマンスリーマンションを出て、リノベーションが完了した六条家の離れに移った。

平屋建ての３ＬＤＫの新居は、畳スペースがある広いリビングと、主寝室に個室が二部屋とふたりで暮らすには贅沢な作りだ。

家具は響一と相談して、シンプルでモダンなものを新しく購入した。

響一の私物は先だって本宅から運び込んであり、すぐにでも生活を始められる準備が整っている。

「うわあ、素敵ですね」

壁を覆っていたシートなどが取り払われ、新しい家具を搬入した新居は、リノベーション中に見たときに比べて見違える程だ。

どこもかしこもぴかぴかで新築独特の匂いがする。大きな窓からは明るい光が差し込んでいる。花穂は感嘆の溜息を吐いた。

「気に入った？」

各部のチェックをしていた響一が花穂の下にやって来た。

「はい、とても。シンプルなのに温かみもあって……壁紙や床材を選ぶときサンプルを見ていたけど、実物は想像以上にいいです」

初めは自分が決めていいものなのかと、リノベーションに関して意見を言うのを躊躇っていた。

しかし建設会社の担当者との打ち合わせに参加しているうちに、俄然やる気になったのだ。

花穂はカフェの開業を目指しているのもあり、元々インテリアに興味があった。

そのうえ沢山のサンプルや実例の画像を担当者から貰い眺めているうちに、その気になってしまったのだ。

迷いながら一つひとつ選んだ壁紙や、照明を改めて見ると感慨深い。

響一はそんな花穂の様子を嬉しそうに見守っていた。

「キッチンは広々してますね。大きな冷蔵庫を選んだから狭くならないか心配だったけど、全然大丈夫」

冷蔵庫は使用出来るようになっているが、中身はまだ空だ。

「響一さん、私、片付けが一段落したら、食材の買い物に行ってきますね」

「片付けで疲れてるだろ？　今日は何か届けて貰おう」

心配そうに言う響一に、花穂は首を横に振る。

「全然疲れていないから大丈夫です。それに新しいキッチンを早く使ってみたいから」

キッチンは以前から憧れていたアイランドキッチンだ。しかも特注で調理台が広く、コンロも四個口になっている。

今日はこのキッチンで料理を作り、ささやかな引っ越し祝いをしたい。母屋の祖父にも声をかけてみよう。

「それなら俺も行くよ」

「ひとりで大丈夫ですよ？　響一さんも片付けがあるんだから」

「荷物持ちは必要だろう？　何度も言ってるけど俺に遠慮しないで」

「……はい」

響一の気遣いを受け止めるとふたりで家を出た。六条家の周辺は都内とは思えないような閑静な街並みが続く。街路樹や各家の樹々が自然を感じさせる。少し進むとお洒落なカフェや憩いの広場があり、ゆっくり散歩を楽しみたくなる環境だ。

十五分程歩いた最寄りの私鉄駅近くには以前の家の近くにもあったスーパー。輸入食品などの専門店。ヘアサロンやスポーツジムなど生活するのに便利な施設が大方揃っている。

目を引いた輸入雑貨の店で小物を何点か購入してから、スーパーで必要な食材を購入して帰宅した。

花穂は料理への関心が高い方だ。専門学校に通った訳でも、伊那のように留学した訳でもないから特別な技術はないが、気になるレシピを見付けると、簡単に材料が入手可能なら自分で作ってみたくなる。

「今日は何を作ってくれるんだ?」

とはいえ、響一と一緒の食事の場合は、失敗したくないので冒険しない。

「和食にしようと思って。湯豆腐に根菜の煮物、銀むつの西京焼とお味噌汁です」

新居祝いという感じはしないが、以前彼が和食が好きだと言っていたのを思い出したのだ。せっかく作るなら喜んで貰いたい。

「美味そうだ」

思った通り、響一は嬉しそうに目を輝かせた。

「じゃあ作っちゃうので待っていてくださいね。お祖父様は来られるかな?」

「ああ。さっき声をかけたら張り切ってた」

「よかった」

花穂は使いやすいキッチンで新居初めての料理をし、家族団欒《だんらん》の食事を楽しんだのだった。


「響一さん、お風呂空きました」

入浴を終えた花穂は、リビングで寛いでいる響一に声をかけた。

髪はドライヤーで乾かしてブラッシングをし、スキンケアもきちんとした。新しいパジャマはルームウエアとしておかしくないもので、だらしなさはないはずだ。

それでもシャワー後の姿を見せるのはなんとなく緊張する。

(一緒に住むって無防備な姿をさらけ出すことになるんだよね)

家族なんだから、そんなに気を遣わなくていいのかもしれない。響一とは大分打ち解けているし、祖父と三人で囲む食卓はほのぼのして癒され家族だと感じた。

(でもふたりきりだと、一気に緊張感が増すんだよね)

今、花穂は間違いなく彼を異性として意識してしまっている。

(響一さんはどう思っているのかな)

彼は読んでいた本から視線を上げた。

「ありがとう。入ってくるよ」

そう言ってソファからゆっくり立ち上がる。花穂と視線が重なると優しく微笑んだ。

「今日は疲れただろう？　ゆっくり休んで」

「あ、はい」

「お休み」

「お休みなさい」

響一はゆっくりした足取りで花穂の隣を通りバスルームに向かった。

普段通りで全く意識している気配はない。どうやら恥ずかしがったり戸惑ったりしているのは花穂だけのようだ。

彼のあっさりした態度で肩の力が抜けた。

（そうだよね。私が意識しすぎなんだよ）

そして余計な心配をしては、右往左往している。こんな落ち着きのなさを響一が知ったら驚かれるか、呆れられそうだ。

花穂は簡単に部屋を整えてから、私室に引き上げた。

六畳の洋室は、広々使いたかったので、必要最低限の家具を厳選した。

花穂は壁際のシングルベッドに腰を下ろし、それからごろんと仰向けになり白い天井を見上げた。

まだ見慣れない景色に、引っ越してきたのだとしみじみ実感する。

目を閉じると今日の出来事が蘇った。

（楽しかったな……）

実家を守るための気が進まない結婚だったはずなのに、こんなに満たされた気持ちになれるだなんて、自分は幸運だと思う。

（響一さんと結婚出来てよかった）

そんなことを考えながら、花穂はいつの間にか眠りに落ちていた。

◇◇

「はあ……」

響一は生まれた熱を冷ますようにシャワーを全開にして頭から浴びて、深い溜息を吐いた。

低く設定した水温は冬に相応しくないが、今の響一には必要だった。

（風呂上がりの花穂の威力はかなりのものだったな）

初めて見るパジャマ姿。メイクをしていない素顔はいつもよりもやや幼い印象で、はっきり言って息を呑む程可愛かった。

響一は内心動揺していたが、なんとか平静を装いバスルームに駆け込んだ。

花穂にはまだ自分の想いを絶対に知られる訳にはいかないからだ。

あくまで紳士的に余裕の態度を貫かなくては。ガツガツ迫ったら怖がらせるだけ。

とはいえこの調子ではいずれ花穂にも気付かれてしまいそうだ。

なんだかんだ理由付けをして結婚を申し出た響一の思惑が、実は花穂が好きなだけという単純な動機だったということを。

響一としてはむしろ早く気持ちを伝えたいが、花穂が混乱するのが目に見えている。

(彼女は偽装結婚だと思い込んで疑ってもいないからな)

あのとき、無理やり割り込んだ見合いの席で、愛しているから結婚して欲しい、なんて言える訳がなかった。

もし言ったとしたら間違いなく引かれただろうし、プロポーズは成功しなかったはずだ。

花穂が響一の『結婚して欲しい』と言った言葉を誤解して受け止めていることには、すぐに気付いた。

それでもあえて訂正せずに、とにかく形だけでもと花穂が結婚を受け入れる方向に話を仕向けた。

本当はそんなやり方はしたくなかったが、時間をかけていては彼女は他の男と結婚してしまう状況で猶予がなかったのだから仕方がない。

結果響一の望み通り、花穂を妻に迎えられた。

しかしここから普通の愛のある夫婦に関係を変えていくのは、想像以上に難しいと実感している。

響一が花穂の実家の負債の肩代わりを済ませたため、夫婦間に格差が存在する。

もちろん気にしないようにと伝えているし、花穂も口では分かったと言っているが、彼女が負い目に感じている心情が伝わってくるのだ。

そんな状況で響一が「本当の夫婦になりたい」と希望を伝えたとしたら、彼女は心のまま振舞えるだろうか。

(絶対に無理だな)

家のために気が進まない見合いを決意した彼女だ。もし嫌だと思っていたとしても、響一の気持ちを受け入れそうだ。

しかしそんな関係を望んでいる訳ではない。

だから夫婦としての時間を重ねて、花穂の心が自分に向いたと手ごたえを感じたときに、告白しようと思っている。

それまではどんなに妻が可愛くて、愛おしくても手を出さないように耐えるしかない。

心身の熱を冷ましてバスルームを出た響一は、グラスに冷たい水を注いだ。

朝から動き回って疲れた様子だった花穂は休んだようだ。

響一はリビングのソファに腰を下ろした。ふたりで決めた海外生産のレザーソファはゆとりがあるサイズで座り心地が最高だ。

響一はすっかり気に入り、早くも寛ぎ空間になっている。

(いつか花穂と並んで座れたらな)

想像するとつい笑みがこぼれる。響一が口元を綻ばせたとき、スマホが淡く光った。

手に取り確認すると広斗からのメッセージが届いていた。

祖父の腕に湿疹が出来ていたから医者に診せた方がいいんじゃないか、という報告だ。

(そういえば日中出かけていたな。広斗のところに行ってたのか)

祖父は広斗の様子を気にして、ときどき呼び出したり、自ら出向いている。

広斗は祖父に口うるさく言われるのを嫌っているが、幼い頃から両親に代わって面倒を見てくれた祖父に感謝をしており呼び出されると面倒そうにしながらも断らない。

湿疹に気付いたのも、祖父を心配しているからだ。

【明日、かかり付け医に来て貰う】

簡単な返信をして、スマホをローテーブルの上に置こうとした響一はふとその手を止めた。

以前祖父が広斗に放った言葉がふいに蘇ったのだ。

『なんだその態度は。お前は響一よりひとつ年上だというのに、いつまでも落ち着かずにフラフラしおって、心配になるのは当然だろう！』

（広斗に対して特にきつくなるのは、心配でたまらないからなんだろうな）

三年前まで、広斗には真剣に付き合っている恋人がいた。

ふたりの関係は傍から見ても羨《うらや》ましいと思う程良好だったが、別れることになった。

そうなってしまった経緯に、不可抗力とはいえ響一も関係していたため、責任を感じ未だに罪悪感が拭えないでいる。

だから、広斗が冷めた目をして結婚に興味がないと言う姿を見るたび、悪いことをしてしまったと胸が苦しくなる。

まだ本当の夫婦とは言えないまでも、響一は愛する人を妻にした。広斗にも幸せになって欲しいと思う。

烏滸《おこ》がましい考えだと分かっているが、それでも決して消えない気持ちだった。

元婚約者との再会

一月下旬。花穂は休暇を取り実家に帰省した。

今回は響一も同行している。

移動は車のため、自宅に寄る前に少しだけ市内を観光することになった。

見合いをした日を含め響一は何度か花穂の地元を訪れているが、どの日も観光する時間を取る余裕はなかったと聞いたからだ。

彼は花穂が案内する街並みを興味深そうに眺めている。

「街並みに歴史を感じるな。あの延々と続く石の塀は立派なものだな」

響一はかつて大地主が住んでいたという屋敷跡を見て感心したような声を出した。

「あの家は城崎家の先祖が暮らしていた館なんですよ」

「えっ、本当に？」

響一が驚いたように花穂を見る。

「ええ。でも火災で建物の多くが燃えてしまったんです。塀は無事だし焼け残った建物に価値があるとのことで、屋敷跡として見学出来るようになっています」

「城崎家はこの地域の名士だと聞いていたが、こうして目の当たりにするとすごいな」

「今はすっかり没落してしまったけど」

苦笑いで言うと、響一は困ったように眉を下げる。しかしすぐに花穂の肩を抱き寄せて明るい声を出した。

「お義父さんは新しい仕事を頑張っているし、お義母さんの体調もよくなってきているだろ。それに俺たち夫婦は円満だ。これからはよいことばかりだな」

「ふふ……ありがとうございます、慰めてくれて」

響一の明るさのおかげで、暗いムードにならずに済む。

助けて貰っておいてへらへらしているのはどうかと思うが、響一自身が花穂に思い悩んで欲しくないのだろう。

(響一さんのおかげで、以前より前向きになれた気がする)

「そろそろ向かおうか」

響一が町中の大時計に目を遣り言った。

時刻は十二時四十分。ここから移動して、丁度約束の時間に実家に着きそうだ。

花穂は響一に手を引かれ駐車場に向かった。

午後一時に実家に着くと、珍しく父が玄関まで迎えに出てきた。

響一が一緒だと事前に伝えてあったからだろう。

応接間にしている和室のテーブルの上には、もてなしの料理が並んでいて、はりきって歓迎の準備をしてくれたのが伝わってきた。

母はまだ本調子ではないので、しばらくすると部屋に引き上げたが、父は次々酒を飲み上機嫌に大きな声で響一に話しかける。

「花穂はしっかりやっていますか？」

「もちろんです。祖父とも上手くやってくれていて、彼女のおかげで家が明るくなりました。いつも感謝しているんですよ」

「そうですか！　それはよかった、花穂は頼りないところがあるので、六条家で上手くやっていけるかどうか私も家内も心配していたんですよ」

父は豪快に笑い、あっという間に空にしたグラスに酒を注ぐ。

飲みすぎはしゃぎすぎと思ったが、箕浦が言うには、父は新しい仕事に就いてから深酒をやめて規則正しく過ごしているのだとか。

父なりに生活を整えようと頑張っているようだ。今日は久し振りに羽を伸ばしているのだろう。

（響一さんが困っていたらフォローすればいいかな）

そう思い様子を見ていたが、意外に彼も父と楽しそうに話しているので、花穂は箕浦と近況報告をしながら料理をつまんでいた。

しばらくすると、父が「おーい」と大きな声を上げた。どうやら花穂を呼んでいるようだ。

「お父さんどうしたの？」

「響一君の飲み物がなくなった。お代わりを持ってきてくれ」

父の指示に箕浦が困ったように顔を曇らせた。

「申し訳ありません。ノンアルコールドリンクはそれが最後になります」

「何？」

箕浦の報告を聞いた父の顔が瞬く間に不機嫌そうに歪む。大分丸くなったと思っていたが、頭に血が上りやすいのは、なかなか治らないらしい。

花穂は仕方がないなと小さな溜息を吐きながら立ち上がった。

「飲み物なら私が買ってくるわ」

「花穂さん？　私が行きますよ」

箕浦が驚いたように花穂に訴える。

「ううん大丈夫ですよ。酒屋までなら自転車で十分で行けるから」

「花穂、買い出しなら俺が行くよ」

話を聞いていた響一が、腰を浮かしかける。

「ありがとう。でも酒屋さんはちょっと分かり辛い所にあるから、私が行ってくる。響一さんはお父さんの相手をお願いします」

花穂は小さなバッグを手に取り部屋を出た。

自転車の鍵は以前と変わらず玄関の下駄箱の上に置いてあった。

花穂が家を出る前からある自転車は、スタイリッシュさとはかけ離れた古いデザイン。近所に買い物に行くのによく乗ったものだ。

懐かしさを感じながら自転車を走らせ酒屋に行き、目当ての飲み物を購入した。

自転車の前かごはドリンクでいっぱいの袋ふたつでぎゅうぎゅうだ。

おかげでハンドルが重くバランスがとり辛い。来るときは爽快に滑り降りてきた坂を、自転車を降りて必死に押しながら上る。

(結構きつい……最近運動不足だからかな?)

坂の頂上で一休みをして額に滲んだ汗を拭っていると、思いがけなく呼びかけられた。

「花穂」

ずきっと心臓が軋《きし》んだ気がした。

花穂は恐る恐る声がした後ろを振り返る。

「やっぱり花穂だ。久し振りだな～三年ぶりか？」

そこにいた人物の姿に息を呑み、逃げるように視線を伏せたが動揺のあまり視線が定まらない。

（どうして、彼がここに⁉）

男性にしては甲高い声、聞き取り辛い早口。どこか攻撃的に感じる話し方。

呼びかけられてすぐに、かつての婚約者、有馬輝の顔が思い浮かんだ。でも勘違いであって欲しいと願っていたのに。

三メートル程先で佇み値踏みするように花穂を見ている姿は、記憶と殆ど変わらない。

花穂より頭ひとつ以上の差がある長身で、見下ろされると威圧感で苦しくなる。

彼の切れ長の目をすっきりしていて素敵だと言う人もいたが、花穂は睨まれているような気がして恐怖を覚えた。

今もまた指先が震えている。

婚約破棄をしてからもう三年以上経つというのに、輝に対する恐れは少しも消えていなかったのだと実感した。

このまま立ち去ってしまいたいのに、足が固まってしまったように動かない。

そんな花穂の様子をじっと眺めていた輝は、何を思ったのかにっと口角を上げて笑い顔で近付いてきた。

輝は途中で立ち止まったが、ふたりの距離は近く一メートルもない。

ドクンドクンと不安で鼓動が更に大きく打つのを感じる。

「どうしたんだよ？　もしかして口が利けなくなったのか？」

黙ったままの花穂に輝は馬鹿にしたような言い方をした。いや実際馬鹿にしているのだろう。

(初めから私を下に見て貶《けな》してばかりだったもの)

嫌な思い出が次々と浮かんでは流れていく。辛く苦痛だった日々。

(この人の我儘に私がどれほど我慢していたか)

波風を立てたくなくて何も言わなかったことで、彼をますます調子に乗らせてしまったのだろう。

花穂は小さく息を吐いた。

(会話なんてしたくないけど、このまま逃げたら、彼はますます私を馬鹿にしてから
んで来るようになるかも)

実家がここにある以上、いつかまた偶然会って声をかけられる可能性は十分ある。

嫌だけれど無視は出来ない。


それに機嫌を損ねた彼から逃げられるとも思えない。

「……有馬さんお久し振りです。今日は夫と実家に帰ってきました」

花穂の言葉が余程意外だったのか、輝の切れ長の目が丸くなる。

「え、お前結婚したのか？　夫はどこだよ？」

しばらくするとキョロキョロ辺りを見渡し始めた。

「実家で父と話していますよ。私は足りないものがあったので買い出しに」

自分で思っていたよりもしっかりした声が出た。輝にとっても花穂の態度が意外
だったのか、僅かに首を傾げてから袋でいっぱいの自転車の前かごに目を向けた。

「へえ酒か。旦那にこき使われてるみたいで大変だな」

何を勘違いしたのか、輝がおかしそうに笑う。

響一は決してそんな人ではないが、反論しても輝は聞き入れないだろう。

不本意ながらも黙っていると、輝が思いがけない行動に出た。

「重そうだから俺が持ってやるよ」

そう言いながら前かごに入っていた袋を持ち上げてしまったのだ。

「えっ、待ってください！」

動揺した花穂がつい声を高くすると、その反応が気に入ったのか輝はもうひとつの袋も取ってしまう。

「返して欲しかったら、ちょっと付き合えよ」

「え？」

「これから会う予定だった相手にドタキャンされて暇なんだよ。お前でもいないよりはましだからな、暇つぶしくらいにはなるだろう」

「私はそんな時間はありません。夫が待ってるので早く帰らないと。その袋返してください」

輝の行動が嫌がらせだと分かっている。彼は花穂が困ったり怒ったりするところを見るのが楽しいのだ。

（相変わらずひねくれてる）

彼は花穂より三歳年上だ。今年二十八歳になると言うのに、未だにこんな真似をするなんて。

三年経っても全く成長していない。でもそれは花穂もたいして変わらない。油断して今の状況を招き輝のペースに流されているのだから。

「一時間くらいなら大丈夫だろ？　酒は誰かに届けて貰えばいい」

「そういう問題じゃありません。とにかくその袋を返してください」

花穂はきっぱり拒否してから、荷物を受け取るために手を差し出した。

もし輝が駄々をこねて返してくれないのなら、悔しいが取り返すのは諦めて帰ろうと思う。買い物が無駄になってしまうが、輝とこれ以上近くにいたくないし、危険な気がする。

「ふーん……」

輝は不満そうにしながら、袋を差しだす。意外にあっさり返してくれたことに戸惑いながら花穂は袋を受け取った。けれどそのときぐっと腕を掴まれてしまった。

「痛い！」

「さっきから随分《ずいぶん》生意気な態度だよな」

余程花穂の態度に腹を立てているのか、輝は憎悪の目で花穂を睨む。

同時にふわりとアルコール臭が漂い花穂は目を見開いた。

（まさかお酒を飲んでいたの？）

日中の住宅街での遭遇だから既に飲んでいるとは思わなかった。しかし難癖を付けてくる態度や、彼から漂う臭いから間違いない。

（最悪、どうしよう……）

輝はとにかく酒癖が悪い。普段から花穂に対して厳しい態度だったが、酒が入ることできつさが倍増するのだ。婚約破棄を決定付けた出来事も酒の席だった。

そのときの記憶が蘇り花穂の体が恐怖にすくむ。

「行くぞ！」

輝が花穂を無理やり引っ張る。その拍子に自転車ががしゃんと派手な音を立てて倒れてしまう。

それなのに輝は見向きもしない。完全に周囲に目が行かなくなっているようだ。

（このまま連れていかれたら何をされるか分からない！）

「離して！」

花穂は大声を上げて抵抗する。

「大人しくしろ！」

「嫌です！」

抵抗する花穂に苛立つ輝の顔に強い怒りが浮かんだ瞬間、大きな声が響いた。

「花穂！」

声の方を振り向くと、響一が慌てた様子でこちらに駆け寄ってくるところだった。

「響一さん……」

心からほっとした。彼が来てくれたからもう大丈夫だと信じられる。花穂は思い切り輝の手を振り払った。

「お前！」

輝が怒りの声を上げたが、同時に響一がやって来て輝に険しい視線を向けた。

「これはどういう状況ですか？　妻と揉めていたように見えたがあなたは？」

響一にしては珍しく感情的な声だった。おそらく花穂が無理やり引っ張られているところが見えたのだろう。そうでなければ他人に対していきなり攻撃的な発言はしない人だ。

響一が花穂を隠すように輝の前に立ったので輝の表情は見えないが、きっと怒りが増しているはず。

そんな輝がなんと言い返すのかはらはらする。

「ああ、あんたが花穂の夫か。結婚したなんて嘘かと思ったけど本当だったんだな。俺は花穂の元婚約者。偶然会ったから話していただけだけど」

それの何が悪いんだとでも言いたそうな口調だった。

「それにしては妻は困っていたようだが。悪酔いしているのかもしれないが、今後はこのような真似はやめて貰いたい」

響一の口調は丁寧なものだったが、声は冷たく彼の怒りが伝わってきた。

(響一さん、怒ってるよね)

彼には輝のことどころか、以前婚約者がいたというのも自分から話していない。

事情を知らないところに、いきなり無礼な元婚約者が現れたら気分を害すのは当然だ。

「は？ 偉そうに……ところで花穂の夫はどこの誰なんですかね？ 初対面なのに挨拶もなしですか？」

輝がイライラした様子で言う。

響一は輝よりも長身で細身ながら鍛えた体付きをしている。輝は花穂が知る限り自分よりも立場が弱い者には厳しいが、不利な相手に喧嘩を売るタイプではない。

だから今ここで喧嘩になるとは思えないが、不穏な空気が漂い息苦しい。

「失礼した。花穂の夫の六条響一です」

「え？ 六条って」

響一が名乗った途端、輝が戸惑ったような声になった。その変化が気になり響一の陰から様子を窺う。

輝は信じられないといった表情で、響一を見ていた。

「まさか『六条ロジコム』の？」

「ご存じですか？ うちのグループ会社ですが」

「うちの……」

輝は顔色を変えて響一を凝視している。

「き、急用を思い出した」

彼はそう言い捨てると踵を返し無言で立ち去ってしまった。

（え、どうして？）

あれだけしつこかったのにあまりに呆気ない終わり。

花穂が戸惑っていると、響一が心配そうに見つめてきた。

「大丈夫か？」

「はい響一さんが来てくれたから。でもどうしてここに？」

「花穂ひとりじゃ荷物が重いんじゃないかと思って迎えに出たんだ。一本道のところまでなら行き違いになることもないだろうから。そしたら男に絡まれているのが見えて慌ててきた」

「そうだったんですね……ありがとうございます」

本当に彼が来てくれてよかったと安心する花穂とは対照的に、響一は顔を曇らせた。

「彼が元婚約者だと言ってたけど」

「あ……そうですね。三年ちょっと前、東京に出てくる前にお見合いした相手です」

「お見合い？」

浮かない顔で聞き返す響一に、花穂は頷いた。

「昔婚約が破談になったことを、話していなくてごめんなさい」

隠すつもりはなかったが、輝のことは口にしたくなくて話題にするのを避けていた。

「いや、謝る必要はない。過去についてあれこれ言うつもりはないから。ただ、あいつが一時でも花穂の相手だったと思うと気分が悪い」

「響一さんにもかなり失礼な態度でしたものね。あの人は昔から機嫌が悪いと難癖を付けたり、ものに当たったりするところがあったんです。しかも執念深くて。でもあっさり立ち去ったから、少し意外でした」

響一相手では分が悪いとでも思ったのだろうか。

輝の態度を思い出していると、響一が「そうじゃなくて」と首を横に振った。

「彼の態度は確かに悪かったけど、俺が気にしているのは花穂に対しての距離感がおかしいところだ。まるで今でも花穂が自分の婚約者だとでも思っているような態度だった」

「あ、それは私が下に見られているから」

「下に？」

響一が怪訝そうに眉をひそめる。

「あの人は私を、何をしても言い返せない弱い人間だと思ってるんです。実際婚約していた頃は喧嘩になるのが怖くて、理不尽さを感じてもろくに言い返せなかったから」

「花穂の優しさや気遣いを、当たり前だと受け止めて威張り散らしていたって訳か。自分の婚約者を大切に出来ないなんて、どうしようもない男だな」

「婚約者と言っても親同士が決めたお見合いだったから、初めから私が気に入らなかったみたいです。不本意な婚約で彼もストレスが溜まっていたのかもしれない」

だからと言って輝の人を傷付ける言動は許せるものではないが。

「ストレスが溜まったから花穂に当たることで解消していたのか？　そんなに嫌なら初めから断ればいいだろう！」

突然声を荒らげた響一に、花穂は驚き目を丸くする。

「き、響一さん？」

「あ、悪い。大きな声を出して。ついかっとした」

響一はそう言うと心を落ち着かせるように息を吐き、そのまま倒れていた自転車を引き上げる。

「驚かせてごめん」

「だ、大丈夫」

「お義父さんと箕浦さんが心配しているだろうし、そろそろ帰ろうか」

「はい」

輝とのいざこざで落としてしまった買い物袋を拾い上げて、自転車の前かごに乗せる。自転車は響一が引き、ふたり並ぶ形でゆっくり歩く。

「腕を掴まれていたところを見たけど、その前には何もされなかった？」

響一が心配そうに花穂を見遣る。

「大丈夫。でもノンアルコールビールは落として大変なことになってるかも。他のものにした方がいいかもしれない」

平気だと伝わるように笑って答えると、響一がほっとしたように目を細めた。

「せっかく花穂が買ってきてくれたものだ。気をつけて開けるよ。お義父さんはまだまだ飲みたいようだったしね」

響一と話していると、輝との出来事で憂鬱だった心が癒されるようだった。

彼はいつだって花穂を気遣い尊重してくれる。だから花穂も彼を大切にしたいと思う。

(響一さんが結婚相手でよかった)

あんなに嫌なことがあったあとだというのに、もう明るい気持ちになっていた。

その後帰りを待ちわびていた父と響一は世間話や仕事の話などを始めたから、花穂は母の部屋に行き近況報告をして過ごした。

午後五時前には実家を出て、響一の運転する車で東京の六条邸への帰路につく。

道が混んでいたうえに夕飯は外食にしたため、六条邸の離れに着いたのは午後九時過ぎだった。

順番にシャワーを浴びたあと、ようやくほっとひと息吐けた。

「響一さん今日はありがとうございました。ずっと運転して疲れたでしょ?」

リビングのソファに座る響一に花穂はすっきりしたジャスミンティーを差し出し、自分も少し間を空けて隣に座る。

「疲れてないから大丈夫。花穂の生まれ育った町をゆっくり観光出来て楽しかったよ。

お義父さんとの話も楽しかったよ」

「本当？　それならよかった……それから、有馬さんのことごめんなさい。嫌な気分にさせてしまって」

帰り道車内でふたりきりになっても響一は輝のことに言及しなかった。それは花穂に気を遣ってくれたからだろうが、不快に感じているのは間違いないだろう。

（あのとき珍しく怒った顔をしていたもの）

響一は少し迷った様子を見せてから、口を開いた。

「もし嫌じゃなかったら、元婚約者とのこと話してくれないか？　彼の花穂に対する態度は常識的じゃなかった。心配なんだ」

言葉の通り響一は心配そうに花穂を見つめている。

「……きっと、気分が悪くなる話だけど、それでもいいですか？」

「もちろん。何かあったときに事情を何も知らないままだと適切な対応が出来ない。それに花穂のことをもっと知りたいんだ」

（響一さんは、本当に私を心配してくれているんだ）

真剣に考えてくれているのが伝わってくる。花穂は頷き、輝との過去を打ち明ける決心をした。

「有馬さんとは父の勧めで二十一歳の頃婚約したの。彼は地元の有力企業の跡継ぎで目立つ人だった。女性にも人気がある人で。それなのに地味な私が婚約相手になってがっかりしていた」

「そう感じるような嫌な態度をとられたのか？」

不満そうな響一に、花穂は首を横に振る。

「態度もそうだけど、直接はっきり言われたの。なんで俺がこんな冴えない女と結婚しなくちゃならないんだ、最悪だって」

「そんな言葉を？　信じられないな」

響一は驚愕の声を上げ、顔をしかめる。

「あの人は私に対しては遠慮なくなんでも言ってたから。でも私も内心では有馬さんとの婚約が嫌だと思っていたからお互い様なところもあったの」

「……そうだとしても、花穂は口には出さなかっただろう？」

怒りを見せていた響一の態度が軟化する。その理由が分からず気になったが花穂は言葉を続ける。

「普通はわざわざ相手を傷付けるような言葉は言わないものでしょう？　だから黙っていたけど、ストレスは溜まるから有馬さんへの印象は悪くなる一方だった。でもそのおかげで、彼に酷いことを言われても、心底傷付くことはなかったからよかったのかもしれない」

「……そうか」

「有馬さんのことは全く好きになれなかったけど、それでもいずれは結婚するつもりだった。あの頃の私は父が決めた縁談に逆らうって考えがなくて、そういうものだと思っていたから。でもね、有馬さんの態度はますます悪くなって堂々と浮気をするようになっていったの。地元では噂が早いから私もすぐに知ることになって」

響一の目が険しくなる。「最低なやつだな」とぼそりと呟く声はかなり怖い。

「そ、それでさすがに私も文句というか注意をするようになって、でも私のそんな態度が彼にとって不快だったみたいで怒らせてしまったんです。次第に怒り方がエスカレートして最後の方は顔を合わすだけで嫌みを言われたり……そんなある日、決定的なことが起きました」

「決定的？」

花穂は頷き顔を曇らせる。あのときのことは今思い出しても気が滅入る。出来れば忘れてしまいたい記憶だ。

「友人と食事に行ったときに、本当に偶然だったのだけど浮気中の有馬さんと鉢合わせたんです。そのとき彼は酷く酔っていて……多分気まずくて逆ギレしたんだと思うけど、いきなり怒鳴ってきたんです」

「は？　浮気しておいて逆ギレ？　呆れる程酷い男だな」

「私もそう思ってなんとか言い返したけど正論なんて通じなくて。あまりに大きな声を出すからお店にいられなくて近くのカラオケ店に場所を変えたんです」

「ふたりきりになったのか？」

響一の顔が曇る。花穂は頷いた。

「他の人に迷惑をかけたらいけないと思って。でもそれは間違いでした。人目がなくなった途端に有馬さんは私を襲ってきたんです」

「まさか……」

信じられないといったように響一が大きく目を見開く。

「ソファに押し倒されて無理やり服を取られそうになりました。私は必死に抵抗して……そんな態度が有馬さんをますます怒らせたのか、殴られてしまったんです」

響一の表情が怒りに染まっている。今にも輝のところに怒鳴り込みに行ってしまうのではないかと思うくらい激怒している。花穂は慌てて続きを口にする。

「あの、その後すぐに様子がおかしいと気付いた店員さんが来てくれて助けて貰ったんで大丈夫です」

響一は僅かにほっとした様子だったが、それでも眉間のシワは深く刻まれたままだ。ただ思わずといった様子で花穂の髪に触れた手は優しく労わりを感じるものだった。

「大丈夫……な訳がないよな。そのとき俺が側にいられたらよかったのに」

彼は何も悪くないのにその目に浮かぶのは後悔の念だ。

「今はもう大丈夫。それに有馬さんも一応手加減はしていたのかもしれなくて、病院に行く程の怪我ではありませんでした。ただ私はもう絶対に有馬さんとは結婚出来ないと思って父に婚約解消したいと訴えたんです」

「当然だ。それでお義父さんはなんて？」

「許してやりなさいって。有馬さんは父の前では好青年のふりをしていたみたいで彼の酷さを信じられなかったみたい。それに地元で力がある有馬さんの家との繋がりを欲しがっていたから、私の気持ちを優先してくれなかった。私は有馬さんと揉めたことよりも家族が味方をしてくれないことが堪《こた》えたし辛かった。だから私は家を出て、東京に来たんです」

ひと通り話し終えるとほっとした気持ちになった。これで響一に隠していることは何もないという解放感からかもしれない。

「そうですね。でも家を出たことはよかったとも思ってます。

「それまで父の言いなりで将来の夢もなかった私が、好きなことを見付けられたから」

年を重ねただけで自立出来ていなかった自分の甘さを知ることも出来た。

「家を出てからカフェの夢を持ったんだよな。自由に生きていたのにまた家のために見合いをすることになって辛かっただろう」

花穂は「そうですね」と言いかけたが、ふと疑問を感じて口を閉ざす。

（私、今は辛いと感じていないよね）

「父から三年ぶりに連絡が来て母が倒れたと聞いたとき、すごく心配しました。長く離れていたけどやっぱり大切な家族だから」

あのとき花穂は帰ることを迷わなかった。

「また見合いをしろと言われて実家の状況を知ったときショックで怒りが湧いたけど、でも今まで何も知らずに自分のことだけ考えていた私もよくなかったとも思った。幼い頃から経済的には何不自由なく育てて貰っていたけど、恵まれた環境を当たり前だと思っていたし。そんな私が全て父のせいにするのも違うと思ったんです」

自分の気持ちを確かめながらゆっくり言葉にする。

「決心してお見合いしたら響一さんが来たのは驚いたけど、でも結果としてよかったと思ってます」

そう言うと響一が表情を変えた。

「よかった？」

確認するように問う響一に花穂は微笑んで頷く。

「あのとき響一さんと結婚すると決めたから、今こうして幸せに暮らせているんだもの。本当によかったです」

いろいろあったけれど、花穂は今の生活に満足している。

歓迎してくれた祖父に、優しい響一。信頼出来る友人もいる。

（今の私は恵まれている……もし響一さんと本当の夫婦だったらもっと幸せだったかもしれないけど）

ふとそんな考えが頭を過った。

この先も変わらず彼と寄り添っていけると約束出来たら。

心にそんな願いが生まれたことを自覚して、花穂は自分を戒める。

（欲張ったら駄目だわ。私たちは愛がある夫婦じゃないんだから）

それでも、もし響一が花穂との未来を考えてくれたら……。

「俺も花穂と結婚出来てよかったと思ってる」

「……え？」

思いがけない言葉に驚き響一を見つめる。彼は真摯な眼差しで花穂を見つめていた。

「花穂と結婚してから毎日が楽しい。寝に帰るだけだった家が花穂のおかげで安らぐ大切な場になった。結婚してから俺がアビリオに行かなくなったこと気付いている？」

「あ、そう言えば」

響一は花穂の仕事終わりに迎えに来てくれることはあるが、以前のように客として仕事の休憩や軽い食事のために立ち寄ることはなくなっていた。

「どうしてだと思う？」

「それは……仕事が忙しいから？」

口に出したのとは別にもうひとつの可能性が浮かんだが、あまりに自分に都合がよすぎるものなので口に出せなかった。

響一は優しく目を細めると正解を口にする。

「答えはアリビオに行かなくても、花穂に会えるようになったから」

ドクンと心臓が跳ねた。それは花穂が思い付いた都合がよすぎる答えだ。

「あ、あの……」

「アリビオに通っていたのは花穂に会いたかったから。花穂といると心地よくて、気付けば顔を見ずにはいられなくなってた」

これはどういう状況だろう。響一の声も眼差しもとても優しく、それだけではなく愛情に満ちている。

（なんだか私を好きみたいな……）

まさかと思う。しかし彼の醸し出す空気はこれまでになく甘い。まるで恋人同士の語らいのときのように。

「多くの時間を過ごすようになってますます確信した。俺は花穂がいないと駄目だって」

戸惑う花穂の手を響一が掴んだ。

「花穂にとってこの結婚は偽りなのかもしれないが、俺はいつか真実にしたいと思ってる」

驚愕する花穂に、響一が少し困ったような顔になる。

「急にこんなことを言ったら混乱するよな。ごめん。でも少しずつでいいから考えて欲しい」

「考える？」

「そう。俺と本当の夫婦になることを」

ドクンドクンと響一にまで聞こえてしまうのではないかと思うくらい鼓動がうるさい。

(信じられない……響一さんがそんな風に思ってくれていたなんて)

体中にじわじわと喜びが広がっていく。

(ほんとうなんだよね？……嬉しい)

それなのになかなか言葉が出てこない。早く言わないと響一を誤解させてしまいそうなのに、肝心なときにどうして気が利いた言葉を言えないのだろう。

じれったさを感じながら花穂は無理やり口を開く。

「響一さん、私嬉しいです」

自分でも呆れる程情緒がない言葉。けれどそれが本心だ。

「私も響一さんと結婚出来てよかった。ずっとそう思っていました」

「……本当に？」

「この先も一緒にいたいです」

勇気を出して告げると、響一はとても嬉しそうに顔を輝かせる。

「ありがとう！」

同時にふわりと抱き締められた。

彼の体温に包まれ、花穂の顔に熱が集まる。

こんな風に誰かに抱き締められるのは初めてだった。温かくて心地よくて、ずっとこのままでいたくなる。

「花穂、俺は本当に嬉しいよ」

「は、はい、私もです」

広い胸の中で花穂はこくんと頷く。

(響一さんの腕の中って居心地がいい)

出来ればずっと抱き締めていて貰いたいくらい。

しかしすぐに離されてしまった。

がっかりする花穂を響一は喜びが滲む目で見つめる。

「少しずつ本当の夫婦になっていこう」

「はい」

張り切って頷くと、響一は困ったように苦笑いをした。

「礼儀正しい花穂も好きだけど、俺には遠慮しないで」

以前、敬語はやめて欲しいと言われたことを思い出す。そのうちと返事をして未だになんとなく変えられずにいた。

「……うん、今度こそ努力する」

本当の夫婦になるのだから。

「よかった」

響一の大きな手が花穂の頬に触れる。彼は幸せそうに目を細め花穂を見つめている。

「もっと花穂に触れたい、いい？」

「ど、どうぞ」

なんと答えればいいか分からず、そう言うと響一はくすりと笑う。

大きな手が優しく耳元を覆う。もう片方の手は支えるように背中に回る。そして響一の端正な顔が近付いてきて……。

花穂は緊張と期待でいっぱいになりながら目を閉じた。

唇がそっと触れたのはその直後だった。


二月中旬。一際寒さが厳しい日々が続いているが、カフェアリビオは盛況だった。

仕事の移動中の一休みに寄るのか、普段はそれ程混んでいない夕方五時前でも席が殆ど埋まっている。

もうひとりのホールスタッフと忙しなく接客をしていると、カランとドアベルが音を立てた。

ちょうど出入口近くにいた花穂が対応しようと振り返る。

（あら、広斗さん？）

やって来たのは響一の従兄、広斗だった。

「いらっしゃいませ」

花穂が声をかけると、広斗は感じよく微笑む。

「こんにちは。仕事で行き詰まって息抜きに来たんだ」

そう言うわりには、広斗からは余裕を感じる。なんとなく要領がよさそうなタイプに見えるからだろうか。

「お疲れ様です。今日は……」

響一は一緒じゃないのかと聞こうとしたとき、またドアが開いた。

（え？　すごい美人……）

彫が深い目鼻立ちがはっきりした顔立ちで、しっかりしたメイクが似合っている。

花穂よりも十センチ以上は背が高くすらりとした印象だ。シンプルなパンツスーツをセンスよく着こなしており、かなり目を引くタイプの女性だった。

年齢はおそらく響一と同年代だろうか。初めて見るお客様だ。

「いらっしゃいませ」

女性は声をかけた花穂をちらりと見てから、広斗の隣にごく自然に並び立った。

（この人は広斗さんの知り合いなの？）

仕事関係の知人と言うより友人のような、ふたりの間にはかなり馴染んだ雰囲気がある。

「花穂さん、彼女は朝宮百合香《あさみやゆりか》と言って俺と響一の幼馴染。彼女もこの近くで働いていて偶然そこで会ったんだ」

花穂が抱いた疑問に答えるように広斗が女性を紹介した。

「朝宮です。よろしくお願いします」

広斗の言葉を受けて百合香が言った。落ち着いた声は聴き心地がよく、大きな瞳を細めて微笑む姿は美しい。同性でも思わずどきりとしてしまう艶やかさだ。

「こちらこそよろしくお願いします。あ、お席にご案内しますね」

花穂は素早く店内を見渡し、ふたりがけの席が空いているのを確認する。

ふたりを案内する間、自分の背中に広斗と百合香の視線が向いているような気がしていつになく緊張を覚えた。

「こちらのお席にどうぞ」

「ありがとう」

広斗がにこやかに言い百合香と向かい合わせで席に着く。彼はメニューを確認することなく、花穂に爽やかな笑顔を向けた。

「ホットコーヒーとカフェオレをお願い出来るかな」

「かしこまりました、少しお待ちください」

花穂は早々に厨房に引き上げて用意を始める。

（朝宮百合香さん……すごく綺麗な人だったな。広斗さんの友人だって言っていたけど、かなり親しいんだろうな）

そうでなければ、彼女の意思を確認せずにオーダーなどしないだろう。あの態度はお互いの好みを知り尽くし気を許している表れだと思う。

響一とも同様に仲がよいのだろうか。

そんなことをあれこれ考えながらも顔には出さず、広斗たちの席に行き飲み物を提供した。

その後は他の客の対応などに忙しく動き回っていたが、落ち着いたときにふと広斗たちの様子を窺い困惑した。

ふたりがやけに険しい表情で会話をしていたからだ。

（どうしたんだろう……）

傍から見ても深刻そうで、どこか思い詰めた様子なのが気になった。

顔を突き合わせて声を潜める様子は、隠し事をしているようにも見える。

それから三十分程でふたりは席を立った。

「ごちそうさま」

広斗の顔からは、先ほどの深刻そうな様子はすっかり消えており、彼のイメージ通りの柔和な雰囲気を醸し出している。

「ありがとうございました」

花穂も何事もなかったように笑顔で見送る。

そのとき、視線を感じた花穂は、周囲の様子を窺い次の瞬間どきりとした。

少し離れたところにいた広斗の友人百合香が、花穂をじっと見つめていたのだ。

何か言いたそうなその眼差しは、初対面の相手に向けるものとは思えなくて花穂は戸惑った。

しかし百合香が何かを言うことはなく、花穂に対して目礼をすると広斗と共にアリビオを出ていった。

午後十一時過ぎに帰宅したが、響一は不在だった。今夜は取引先との会食があると言っていたから、接待が続いているのかもしれない。

彼が帰宅したのは、シャワーと着替えを終えた深夜十二時五分前だった。

「響一さん、お帰りなさい」

「ただいま」

出迎えた花穂に響一はとびきり優しい笑みで答える。彼は花穂に伸ばしかけた手を途中で止めた。

「髪が濡れてるな」

「うん。お風呂から出たばかりだから」

「ちゃんと乾かさないと、風邪をひくぞ」

響一は結構心配症なうえに、過保護なところがある。

「大丈夫。お茶を淹れるんだけど、響一さんも飲む？」

「ありがとう。先にシャワーを浴びてくるから、そのあとにいただくよ。花穂はその間にちゃんと髪を乾かしておけよ」

「はーい」

響一は花穂の返事に満足したようで、足早にバスルームに向かう。
花穂は彼の後ろ姿を見送ってから、寝室に入りドライヤーを素早くかけ始めた。
仕事の日は帰宅して寝るまでの僅かな時間が、響一と会話出来る貴重なひとときで
花穂はその時間を大切にしている。
響一も同じ気持ちでいてくれているようで、日々ふたりの仲は深まっていると実感
している。
特別な話をする訳ではないけれど、他愛ない話で笑い合う瞬間が、本当に幸せだと
感じるのだ。
ブラッシングとスキンケアを済ませリビングに戻る。ふたり分のお茶を淹れ終える
と丁度よいタイミングで響一がやって来た。
お風呂上がりの彼はパジャマ替わりのティーシャツとスエット姿。洗いざらしの髪
のせいかスーツ姿のときとは少し違っている。
初めは新鮮に感じていたその姿も、今ではすっかり慣れた。
響一がソファに腰を下ろすと花穂もその隣に座る。
「今日はオレンジフレーバーティーにしたの」
ほんのりと感じる柑橘の香が爽やかな冷たいお茶だ。

「へえ……これは美味いな」

響一は味を確かめるようにひと口飲み、気に入ったようでごくごくとグラス半分以上を一気に飲む。

「風呂上がりの飲み物に気を遣ったことなんてなかったけど、こうして味わうのもいいものだな」

「ふふ。そうでしょう？」

いろいろな飲み物を試して楽しむのは、ひとり暮らしの頃から花穂のささやかな楽しみだった。

彼がこうして付き合ってくれるのは嬉しい。

「あ、そう言えば今日ね、広斗さんがカフェに来たの」

「そうなのか？」

響一が意外そうな顔をした。

「うん。響一さんは知らなかったんだね」

「広斗とは所属部署が違うからな。基本的にはお互い行動を把握していない」

「そうなんだ。広斗さんは夕方五時過ぎに来たんだけど、友人と一緒だったの。朝宮百合香さんって方。響一さんの友達でもあるんでしょう？」

花穂としては軽い報告のつもりだった。

「え、百合香と一緒だったのか？」

ところが響一は酷く驚いたような反応をした。

「う、うん……偶然会ったんだって。一時間くらいいたかな」

「そうか……」

響一はそう言って目を伏せる。口にはしないが、百合香を気にしているような気がする。そんな態度が花穂の心を騒めかせた。

（響一さんも彼女とすごく仲がよさそうだな）

苗字ではなく百合香と名前で呼ぶくらいだし。友達なんだから当たり前だが、彼にそんなに親しい女友達がいたという事実に戸惑いを感じる。

「花穂？」

そんな花穂を響一が不思議そうに見つめる。

「あ、なんでもない……あ、そう言えば広斗さんが仕事で行き詰まったって言ってたよ。響一さんは大丈夫なの？」

「俺は大丈夫。広斗も最終的にはなんとかするタイプだから心配いらない」

「よかった。遠目でも深刻そうな雰囲気だったから。難しい仕事をしているのかなっ

なったよね）

て心配だったの」
「深刻そうな？」
響一はそう呟くと、何かを考え込んでしまった。
「響一さん？」
呼びかけても花穂の声が耳に届かないようだ。
彼が花穂の前でこんな上の空になるのは初めてのことだ。
（なんだか今日の響一さんはいつもと違う。広斗さんたちの話題になってからこう
なったよね）
脳裏に立ち去る際の百合香の様子が思い浮かんだ。そう言えば彼女は愛想笑いすら
せずに、真顔で花穂の様子をじっと見つめていた。
まるで値踏みするように。
（私、何か失礼なことしちゃったかな）
身に覚えはないものの、失敗したかもしれない。
響一の知り合いとは出来るだけ上手くやっていきたいというのに。
考えに耽っていると響一が口を開いた。
「そろそろ寝ようか」

「あ、そうだね」

いつの間にか十二時を過ぎていた。早く寝ないと明日に差し障る。

リビングの照明を消して、私室に引き上げる。リビングから繋がる廊下の左右に各自の寝室があるのだが、休日前の夜は響一のベッドに一緒に入り、寝落ちするまで会話をする。

それがあまりに楽しくて、寄り添って眠るときの温もりが心地よくて、最近ではひとりで眠るのに寂しさを感じるようになった。

(いつも一緒にいられたらいいのにな)

どんどん響一へ向ける好意は大きくなり欲張りになっている。

かと言って、彼の睡眠の邪魔をする訳にはいかないので、我儘は言えないけれど。

「おやすみなさい」

ドアを開ける前、名残惜しさを感じながら挨拶をする。

いつもは響一も「おやすみ」と返してくれるのだが、今日は言葉の代わりにそっと引き寄せられて、額に優しいキスをされた。

「えっ、あの……」

かりそめではなく本当の夫婦になろうと話し合い、大分距離が縮んできてはいるものの、まだこのようなスキンシップには自然に振舞うことが出来ない。

夫のキスを自然に受け入れることが出来ず、いちいち動揺してしまうのだ。

我ながら子供っぽいと思うが、心構えをする間もなく触れられるからどうしようもない。

(でも、嬉しいんだけど)

驚くし恥ずかしいけれど、嬉しい。そんな想いが胸いっぱいに広がり、気が利いた言葉が出てこない。

そのせいかいつもスキンシップはここで終了。まるで初カレが出来た学生みたいだ。

響一は恋人とのキスなんて慣れているだろうが、花穂が見合いに失敗して以来誰とも付き合っていないことを知っているからか、ペースを合わせてくれているみたいだ。

未だに花穂と響一は未だ触れるだけのキス止まり。同じベッドで眠ってもそれ以上は決してない。

夫婦としてそれでいいのかと疑問を感じるし、花穂自身もっと響一と深く触れ合いたいと思っている。とはいえ自分から迫るのは難しい。

(響一さんがもうちょっと強引に迫ってくれたらいいのにな)

そんな考えが浮かぶのは、響一の手が未だ花穂の腰に回っているからだろうか。

お互いの距離があまりに近くて、ドキドキする。少し動いたら目の前の彼の胸に唇が触れてしまいそうで……。

そんなとき耳元で囁かれた。

「花穂……そろそろ寝室を一緒にしないか？」

「えっ？」

まるで花穂の気持ちを読んだような発言に、思わず上擦った声を上げてしまった。

彼の胸元にあった視線を上げる。すると優しい眼差しに捕らえられた。

「あの……」

「こうして別々の部屋に入る日があるのが寂しいんだ。毎日一緒に眠りたい。もちろん花穂の気持ちが固まるまで手は出さないと約束する。花穂が嫌じゃなかったら週末に模様替えをしよう」

決して押し付けがましくなく、それでいて花穂の願いと同じ提案に自然と顔が綻んだ。

「うん。本当は私もここで別れるのは寂しいと思ってた」

「……よかった」

響一がほっとしたように小さな息を吐く。

(もしかして私が断ると思っていたのかな)

そんなことあるはずがないのに。けれど花穂は肝心なときに好きだと言えないでいるから、伝わっていないのかもしれない。

「響一さんともっと沢山話が出来るようになるなんて嬉しい。模様替え楽しみだね」

素直な想いを伝えると、響一が幸せそうに目を細める。

「ああ、本当に楽しみだ……」

響一の端整な顔が近付いてきて唇が重なった。

「んっ……」

優しく触れ合ってからすぐに彼の手が花穂の腰に回り引き寄せられた。

キスが段々深いものになる。響一の舌が花穂の唇を押し割り入ってきた。

敏感な舌先が彼のそれに触れられ、身体がびくりと震えた。つい逃げそうになると彼のもう一方の腕が背中に回る。

逞しく固い響一の胸にお互いの鼓動が感じられる程密着し、大胆に舌が絡み合うキスまでされた花穂の頭はもう真っ白で思考停止だ。体からはすっかり力が抜けている。

ただただ彼に翻弄される時間を過ごし、最後は彼に横抱きにされてベッドに運んで貰うという刺激的なひとときを過ごしたのだった。

午後六時。アリビオの店内はいつになくガランとしていた。

ホールには花穂の他にもうひとりスタッフがいるので手持無沙汰になる。

花穂はキッチンに下がり食器の片付けや雑用をこなしていた。

オーダーが入らないため、伊那も手が空いているようだ。花穂の作業をなんとなく眺めながら、話しかけてくる。

仕事の報告など淡々とした会話だったが、響一の話題になると、伊那は突然乗り気になった。

「模様替え？ 仲よくしてるじゃない」

「うん。なんとか」

「やっぱりね。絶対に上手くいくと思ってたわ。だから初めから一緒の寝室を薦めたじゃない」

「でもいきなり同じベッドは無理だったから」

花穂と響一の場合は、少しずつ関係を深めたのがよい結果になったと思っている。

昨夜のキスでもいっぱいいっぱいだった花穂が、初めから一緒の寝室でとなったら緊張して眠れなかったと思う。

「それでどんな部屋にするのか決めたの？」

「あ、まだ迷ってて。シングルベッドを並べるのとダブルベッドに変更するのか、どっちがいいのかな」

「私だったらシングルかな。悩むならシングルをぴったり並べたら？」

「あ、それがいいかも」

自分のスペースを確保しながらも寄り添う感じが、花穂と響一の関係にちょうどいいような気がして、伊那の提案に満足した。

食器を運んでいると、キッチンの窓に強い風が吹き付けガタガタ音を鳴らした。

「今日は随分風が強いね。天気が荒れそうだし、みんな寄り道をしないで真っ直ぐ帰ってるのかな」

伊那が窓の方を見ながら呟く。

「うん。最近では珍しいくらいお客様が来ないよね」

「まあ、こんな日もあるか」

「暇だし、この辺の棚を整頓しておこうか」

いつもは手が回らないところはこんな日に片付けるに限る。

しかし伊那は今日はのんびりすると決めたようで、動こうとしない。

「ねえ、花穂のカフェの開店はどうする予定？　前に聞いたときは三年後にって話だったけど状況が変わったじゃない？　子供が出来る可能性もあるからね」

「子供って……気が早いよ」

（まだ子供が出来る行為に至ってない訳だし）

「そう？　でもその辺はしっかり考えておいた方がいいんじゃない？」

「うん。子供のことは別としても、私なりに考えてるよ。今の生活スタイルを続けるのは現実的じゃないと思ってる」

仕事内容は問題ないが、勤務終了時間が午後十時を過ぎることがネックになっている。

響一と生活リズムが合わなくて夫婦の時間が取り辛い。それに家事もおざなりになっている。

以前は響一のプライベートに踏み込まない方がいいだろうと思い食事内容に口出しはしなかったが、今は栄養バランスが取れた食事を食べて欲しいと思う。出来れば夕食を作って彼が帰宅するのを出迎えたい。

「そうだね。私だってもし結婚したらこの勤務形態は無理かなと思ってるからね」

「え……伊那、結婚を考えてるの？」

「いや考えてないけど、花穂を見てたら先の出来事なんて分からないなって」

「ああ、そうだよね」

（私も自分が結婚するとは思っていなかった）

実家とは離れてひとりで自立することばかりを考えていた頃が、なんだか随分昔のような気がする。

（まさか私が響一さんを本当に好きになって、彼中心の考え方をするようになるなんて）

本当に何がきっかけで未来が変わるか分からない。

「カフェを開くって夢がなくなった訳じゃないけど、結婚生活も頑張りたいと思ってるんだ」

「いいと思うよ。目標を変えることに後ろめたさを感じる必要なんてないんだから、花穂が思う通りにやればいいよ」

伊那の言葉にはっとした。あまり意識していなかったけれど、心のどこかで一度決めたことを変えるのに躊躇いを感じていたから。

（でも自由にすればいいんだ）

なんだかとても気持ちが軽くなった。

「伊那……ありがとう」

「そうだ、辞めるんじゃなくてシフト変更したらどう？　昼過ぎから夕方まで入るとか。新しいスタッフが落ち着くまでそうしてくれたら助かるし」

「いいの？　私こそ助かるけど」

「もちろん。早く来て仕込みを手伝ってくれたら更にいいかも」

伊那と今後についてあれこれ話しているうちにホールが賑わってきた。

「ホールに出るわ」

「了解」

花穂がキッチンを出ると同時に、オーダーが入り伊那も動き出す。

多少出入りはあったものの、ホールは普段に比べると静かでやはり客入りが悪い。

空いている席を確認しているとドアが開いた。

「いらっしゃいませ」

振り向いた視線の先にいたのは広斗だった。

（この前来たばかりだけど）

日を置かずの来店ということは、アリビオを気に入ってくれたのかもしれない。

（響一さんみたいに常連になってくれるかな）

しかし広斗の様子に違和感を覚えた。彼はコーヒーを飲みに来たと言うより、誰かを捜すように店内を見回していたのだ。

「広斗さんお疲れ様です。もしかして待ち合わせですか？」

声をかけるとようやく花穂に気付いたらしく、はっとした表情になった。

「花穂さん、響一は来ていませんか？」

「いえ来ていませんが」

広斗のどこか焦ったような声に、花穂は戸惑いながら答える。

「あの、よかったらこちらへ」

いつまでも出入口で話していては邪魔になるので、あまり目立たない端の席に移動を促す。

広斗も状況を察したようで申し訳なさそうに付いてきてくれた。

「響一さんを捜しているんですか？　仕事中にトラブルか何かあったんでしょうか？」

この時間なら仕事中のはずだが、会社にいないのだろうか。

いつもの余裕な雰囲気が感じられない広斗の様子を見ていると心配になる。

そんな花穂の様子を見て広斗は逆に冷静になったようだ。

「すみません、花穂さんに心配をかけてしまったようで。仕事上のトラブルではないから大丈夫ですよ」

「よかった。あの、もし響一さんが来たら広斗さんが捜していたと伝えますね」

「ありがとう。そのとき百合……先日花穂さんにも紹介した女性が一緒にいたら、僕に連絡するように伝えて貰えますか？」

「は、はい、朝宮百合香さんですよね？　響一さんと彼女が一緒にいるんですか？」

思いがけない情報に胸が騒めく。

「少し前までは一緒にいたはずです。連絡が取れないので、現状は分かりませんが」

「そうなんですか……だったら響一さんはもう退社したということですよね？」

「ええ。今日は早めに仕事を切り上げたようです」

（ふたりでどこかに出かけているのかな）

にわかにこみ上げた不快感が顔に出てしまいそうで、花穂は広斗から目を逸らして俯いた。

響一は彼女を気さくに名前で呼ぶ程親しいのだから、仕事後飲みに行くくらいはありそうだ。

広斗に連絡してきたそうだから、三人で集まろうとしているのかもしれない。少しもおかしな話ではない。

そう分かっているのに、嫌だという気持ちを抑えられない。

「花穂さん？」

「あ、すみません。ぼんやりしてしまって」

怪訝そうな広斗の声に、花穂は作り笑いを浮かべて誤魔化す。しかし心は晴れないままだ。

響一の仕事量はかなり多いようで、毎日それなりに残業をして業務をこなしている。

今日に限って、早く終わるなんてことがあるのだろうか。

朝食の席で話したときには百合香と飲みに行くなんて、ひと言も言っていなかったのに。

「花穂さんに余計な心配をかけてしまい申し訳ない」

「いえ、大丈夫ですよ」

「そうですか……ではそろそろ失礼します」

「はい、お気をつけて」

広斗が足早にアリビオを出ていく。後ろ姿を見送りドアが閉まると花穂は小さな溜息を零した。

（響一さん、今から出かけるなら帰りは遅くなるよね）

百合香と響一、ふたりが楽しそうに飲んでいる姿をつい想像してしまう。

ふたりが並んでいたら絵になるだろう。花穂より百合香の方が響一にはお似合いだ。

(やめよう。勝手な想像で不安になったり焼きもちを妬《や》いたりしてたら、響一さんだって困るだけだもの)

それに彼に心が狭いと思われたくない。

(響一さんが帰宅したら、どこに行ったか聞いてみよう)

自分は思っていたより嫉妬深い性格のようだけれど、正直に話して貰えたら安心出来そうな気がするから。

ところが帰宅した響一は、花穂の問いかけに予想に反した反応をした。

「仕事でトラブルがあって残業だったんだ。連絡出来なくてごめんな」

いつもと少しも変わらない優しい声と眼差しで、花穂に嘘を言ったのだ——。

叶った夢

　三月一日。暦の上では春になったというのに寒さはまだ厳しく、アリビオの窓から見る通りには厚手のコートを着た人々が行きかっている。

　ここ数年の気候は暑い時期と寒い時期が長く、春と秋が短くなった気がする。そんなことを考えていた花穂の耳に、不機嫌さが滲む伊那の声が届いた。

「ねえ、最近響一さんと何かあったでしょ？」

　窓の外に向けていた視線を返すと、アリビオの制服に着替えた伊那が腕を組み佇んでいた。

　開店前の準備時間の今、店内にいるのは伊那と花穂だけだ。そのせいか、彼女は仏頂面を隠しもしない。

「どうしたの？」

「それはこっちの台詞《せりふ》。最近やたらと溜息を吐いたりぼんやりしているけど、何があったの？　その内話してくれると待っていたんだけどいつまで待てばいい？」

　どうやらしびれを切らしたということらしい。

「ごめん。そんなに態度に出てると思わなかった」

「謝るのはそこじゃないと思うけど。いつからそんな秘密主義になったの？」

「そういう訳じゃないんだけど」

伊那に促され、近くのテーブル席に腰を下ろす。

「で、どうしたの？　また実家で問題が起きた？」

彼女がこういう強引な言動をするのは、心配してくれているときだ。

「心配かけてごめんね。でも実家は関係ないの。父は六条グループの企業で順調に働いているし、母の体調も回復してきているから」

「そう。和解出来たみたいでよかったじゃない。花穂のお父さんにはいろいろと思うところがあるけど、今は反省している感じなんでしょう？」

「うん。この前帰ったときも、頭ごなしに命令してくるようなことはなかったし」

「まあ、それは当たり前なんだけどね……でも実家が問題ないなら何を悩んでたの？」

伊那は首を傾げてから、思い付いたようにはっとした顔をする。

「もしかして夫婦関係？」

すぐに答えられない花穂を見て伊那は察したようだった。

「どうして？　あんなに仲よさそうだったのに」

「仲はいいんだけど……響一さんに嘘をつかれていると気付いてから、どうしてもそのことばかり考えてしまって」

「嘘？」

驚きの声を上げる伊那に、花穂は頷く。

「女友達と出かけたはずなのに、私には仕事で残業だったって言ったの」

親友の伊那にも響一とのことは言い辛かった。伊那と響一が完全な他人ならまだよかったが、そうじゃないのにプライベートの話をするのは悪い気がするからだ。

「え、そんなこと？」

花穂としては思い切って打ち明けたと言うのに、伊那は拍子抜けしたような反応をした。

「そんなことって、これでも真剣に悩んでるんだけど」

「でも女友達と飲みに行ったのをつい誤魔化しちゃうなんて、よくある話じゃないのかな？　余計な心配かけたくないって思ったんじゃない？」

「そうなのかな？　でもやましくないなら気を遣うよりも正直に話して欲しかった」

伊那の言うように過剰な反応をしているのかもしれない。

しかし、初対面のときの百合香の態度と、彼女について報告したときの響一の態度が、なぜだか気になって仕方ないのだ。

勘だが、ふたりには何かありそうな気がする。

「浮かない顔だね。そんなに気になるなら響一さんに直接聞いてみればいいじゃない。本当は仕事じゃなかったって知ってるよって」

「今更聞けないよ」

花穂だってはっきり聞きたい気持ちがあるし、あのときその場で聞けばよかったと後悔している。

でも咄嗟《とっさ》に言葉が出てこなかったのだ。

嘘をつかれたのがショックだったし、秘密にする程の何かがあったのだとしたら、事実を聞くのが怖かった。

意気地がなくて追及出来ず、未だに引きずっているのが情けない。

「そこは上手く聞くんだよ。この前響一さんが飲みに行ってるところを見た人がいるんだけど、その日仕事だったよね？とかもっともらしいストーリーを作って」

「そんな演技しても見抜かれそうだよ、響一さん勘が鋭そうだし、演じる自信が全くない」

それに嘘をつかれて傷付いているのに、自分が嘘をつくのは駄目だろう。

「でも聞かないと解決しないじゃない」

「うん。だから結局自分で消化するしかないんだよね」

とは言ってもそれが難しいのだけれど。無理やり納得しようとしても彼との間に溝を作ってしまうだけな気がするし。

「私だったら聞くかなあ……一度誤魔化されただけで、その後は嘘はなく仲よくしてるんでしょう？」

「うん。でも私がそう思っているだけかもしれないし。響一さん最近ますます仕事が忙しくなったみたいで毎日帰宅が遅いの。先週は急な休日出勤だったし」

そのせいで模様替えの予定が延期になってしまった。

「仕事か～同じ会社でもない限り、どれくらい多忙なのかなんて知りようがないものね」

伊那の言う通りだった。けれど以前は響一の話すスケジュールを疑いなく信じ彼の予定を把握しているつもりになっていた。

たった一度の嘘でここまで不信感をこじらせてしまうなんて。

ただそれでも響一への好意は変化していない。むしろ日に日に好きになっている。

だからこそ、百合香とのことは嘘を言わないで欲しかった。

「でも伊那が言う通り、うじうじしていても仕方ないよね。気持ちを切り替えるか、はっきり聞いてみるか決心しなくちゃ」

暗いムードをいつまでも漂わせていたら、周囲の人にも迷惑だ。

「その方がひとりで悩んでいるより健全だよ」

「そうだね、伊那に愚痴ったらすっきりした。ありがとう」

「いいって」

伊那は気が済んだようで席を立ちキッチンに向かう。花穂も開店準備に取りかかった。

午後四時に仕事を終えた花穂は、帰宅するとすぐにキッチンに入り料理を始めた。響一が好きな煮物や焼き魚に味噌汁。時間があるので丁寧に作る。ひと息吐いたところで、普段は静かな母屋の方が騒がしいことに気が付いた。

(どうしたのかな)

気になったので外に出て様子を窺う。すると庭の先に見える母屋の廊下に祖父の補佐をしている使用人の姿を見付けた。彼は確か片瀬《かたせ》という名前だったはず。

「こんばんは、片瀬さん」

「あ、花穂さん」

片瀬は近付く花穂に気付くとペコリと頭を下げる。

「ばたばたしているみたいですけど、どうしたんですか?」

玄関の方向に目を向けながら問う。

「お騒がせして申し訳ありません。会長に急な来客がありまして」

「お客様が? あのもし人手が足りていないようでしたら、私も手伝いますが」

花穂としては気を遣っての発言だった。ところがなぜか片瀬の顔に動揺が浮かんだ。

「お気遣いありがとうございます。ですが仕事関係のお客様で、内密の話をするそうです。そのため人払いをするように指示されています」

「そうなんですか……分かりました。では私は部屋に戻りますね」

片瀬の態度に違和感を覚えながらも、花穂は踵を返して離れに向かう。

未だに本宅からざわざわしているような気配を感じるが、急な来客とのことだから急いでもてなしの準備をしているのだろうか。

(お祖父様は引退しているけど、まだまだ影響力がある人だと響一さんも言っていたし)

相当人脈が広そうだ。目立つことを嫌う有名人のお客様が来るなど事情があるのかもしれない。

部屋に戻ると丁度のタイミングでスマホが鳴った。響一からだ。

「はい」

騒めきと共に響一の声が聞こえてくる。

『花穂、急な仕事が入って帰りが遅くなりそうなんだ。俺のことは待っていなくていいから、先に休んでいてくれるか？』

「え……そうなんだ。分かりました」

久し振りにゆっくり響一と夕食を取れるとはりきって料理をしていただけにがっかりした。

とは言え仕事なら仕方がない。

『カフェの仕事、今日から早上がりになったのに、ごめんな』

響一の申し訳なさそうな声が聞こえてきた。

（響一さんも、意識してくれていたのかな）

彼が花穂のスケジュールを把握し考えていてくれたことが嬉しくて、沈んでいた気持ちが少し浮上する。

「大丈夫。十二時くらいまでは起きてるね」

少しだけでも話せたらいいなと思った。

『……でも無理はしなくていいからな。疲れたら俺のことは気にせず休んで』

相変らず彼は優しい、いつだって花穂をとても気遣ってくれている。

「うん、響一さんも忙しいのかもしれないけど無理しないでね」

『ありがとう……ごめん、もう行かないと』

「あ……分かった。仕事頑張ってね」

『ああ、じゃああとで』

響一は早口でそう言い通話を切った。

（本当に忙しそう。移動中だったみたいなのに、あれこれ話しちゃって悪かったかな）

そんな状況でもこうして連絡をしてきてくれたのは有難い。

花穂はキッチンに入り、あとは温めるだけの状態の料理を明日食べられるように保存用の器に移し替えた。

今日の夕飯は、自分ひとりなので適当なもので済ませ入浴して響一の帰りを待った。

けれど十二時を過ぎても彼は戻らず、睡魔に負けた花穂はいつの間にか眠りに落ちていたのだった。

それ以降も響一は多忙で、以前よりも確実に在宅時間が減っていた。

ゆっくり話す暇を作るのも難しく、寂しさを感じずにはいられなかった。

とは言え落ち込んでばかりもいられないので、ひとりの時間に将来のことなどを、ゆっくり考えながら過ごした。

あれほど楽しみにしていた自分のカフェを開くという夢。

それは仕事に魅力を感じていたからだが、居場所を作りたかったという気持ちが確実に働いていた。

家を飛び出して家族とも疎遠になって、心の奥では拠り所がないような心細さを感じていた。

しかし今は響一の妻としての自分が、一番の居場所だと思っている。

だから何をするにも家庭との両立が頭に浮かぶ。自分の将来を思い描いたとき、いずれ子供も欲しいと思う。

(こんな気持ちのまま開店準備を進めていいのかな)

自分で店を持つというのは簡単なことではない。考えれば考える程迷いが深くなり、最近の花穂は気付けば眉間にシワが寄っている。

家族が増えたときに、自分は仕事と家庭のどちらにも全力を尽くせるのか。

（まあ……子供が欲しいと言っても、今のままじゃ出来ないんだけど）

期待していた模様替えは延期され、寝室は別のまま。

最近は響一の日曜出勤も多く、ゆっくり会話をする時間も取れない。一緒に眠らないし、スキンシップも滅多にない状況。

（それに最近響一さんとの間に壁があるような……）

彼に好きだと言われて、本当の夫婦になろうと約束して、幸せなはずだったのになぜか遠くなってしまった気がする。

花穂は溜息を吐いて、座っていた椅子から立ち上がった。

時刻は午後七時。夕飯の準備はしてあるけれど、響一は帰宅するだろうか。

また顔を見られないかもしれないと憂いていたとき、ガチャリと玄関が開く音がした。

（えっ、帰ってきた？）

ここ最近の中では驚くくらい早い帰宅。

花穂が玄関に駆け付けると、響一は靴を脱いでいるところだった。彼は勢いよくやって来た花穂に、戸惑いの表情を浮かべる。

「花穂、どうした？」

「ええと……お帰りなさいと言おうと思って」

花穂の返事に響一が笑顔になる。

「ただいま」

彼の笑顔を見るのは久し振りな気がした。

「今日は早いね」

「ああ、ようやく仕事が落ち着いたところ」

「ご飯、食べるよね？」

「俺の分ある？」

「もちろん。すぐに用意するね」

響一は着替えに、花穂はキッチンで手早く作っておいた鍋を温める。

思いがけなく訪れたふたりの時間に、花穂は浮かれている自分を自覚した。

(さっきまであれこれ考えていたくせにね)

自身の浮き沈みに少し呆れながらテーブルセッティングをし終えると、ちょうど響一がダイニングにやって来た。

「今日は寄せ鍋か、美味そうだ」

「朝から寒かったからね、食べよう」

具材は白菜にきのこ、鶏団子と平凡だが、上品な出汁が染み込みとても美味しい。

響一も満足そうに箸を運ぶペースが速い。

「久し振りの花穂の手料理……最高だな」

しみじみと言われ、花穂は嬉しさが隠せない。

（こんなに喜んでくれているなら、もっと凝った料理を作っておけばよかったな）

「締めはうどんでいい？」

「ああ、俺がやるよ。花穂は座っていて」

響一が立ち上がりてきぱきと準備をしてくれる。しばらくすると玉子入りのうどんが出来上がる。

「熱いから気をつけてな」

響一自ら器に盛り付けまでしてくれた。仕事で疲れていると思っていたのに、そんな気配は全くない。むしろ元気で機嫌も上々に見える。

「ありがとう」

響一は自分の分も取り分けると、早速食べ始める。花穂には温度に気をつけろと言っていたのに、自分は気にしないようだ。

そんな様子を見ながら花穂もふうふうしながらうどんをすする。最高に美味しいと思った。

「そうだ。三月末に休みを取って遠出をしないか？」

食事を終えて少し経った頃、響一が思い出したように言った。

「遠出？」

「ああ。これまで花穂の実家くらいしかふたりで出かけたことがなかっただろ？　以前から丸一日休みにして花穂とゆっくり楽しみたいと思ったんだ」

響一がにこりと微笑む。

「うん……楽しそう。もちろん賛成！」

「よかった。それじゃあどこに行きたいか考えておいてくれるか？　俺も候補をいくつか挙げるから。それからやりたいことも」

「分かった。でも沢山あって絞るのが大変そう。響一さんはもう決まってるの？」

「俺は花穂と一緒だったらどこでも楽しめるからな。でも花穂に思い切り楽しんで貰いたいから必死に考えるよ」

完璧な形の目を柔らかく細め花穂を優しく見つめる響一からは、心からの愛情が伝わってくるようだった。

「……ありがとう」

感動しているのに出た声はとても小さかった。嬉しすぎるとはしゃげなくなるのかもしれない。

「旅行以外に何かやりたいことはある？」

御礼も上手く言えなかったのに、寛容な夫は更に花穂を甘やかしてくれるようだ。

「……それなら模様替えをしたいな。以前話していたけど忙しくて出来てなかったから。早くふたりの寝室を作りたい」

花穂の言葉に響一は少し驚いた様子だった。けれどすぐに破顔して「分かった」としっかり頷いてくれたのだった。


翌朝の八時過ぎ。響一を見送った花穂は家事を済ませるとソファに座り一休みをした。

昼からカフェの仕事だが、家を出るまであと二時間はある。

（旅行先の候補を調べようかな）

長期休暇という訳ではないので一泊旅行になるだろう。行きたいところは沢山あるものの、あまり遠いと移動時間ばかりかかって現地で楽しめなくなりそうだ。初めての夫婦の旅行。吟味して選ばなくては。

早速スマホを手に取り検索を始めようとしたとき、テーブルの上に置いてある手紙の束に気が付いた。

本宅に届き、片瀬さんが届けてくれたものだ。

「響一さん宛てのものと、ダイレクトメール……あ、お母さんからも」

母は病気療養するようになってから、手紙を送ってくるようになった。

元々手紙のやり取りをする習慣がないし、相手が母というのにも戸惑いがあった。

少し面倒でメールにしてくれたらいいのにと思いながらも返事をしているうちに、意外と楽しいと感じるようになり気付けば定期的にやりとりするようになっていた。

(あとで読んで返事を書こう)

「あとは……あれ、間違って届いてる」

束の中に祖父宛てのものが交じっていた。

急ぎの内容かもしれないので、すぐに届けた方がいいだろう。

花穂は立ち上がり厚手のカーディガンを羽織って家を出る。

本宅で誰に託そうか迷っていたら偶然祖父がやって来て、声をかけられた。

「おや花穂さん、どうしたんだね？」

「お祖父様、おはようございます。お届けものに来ました」

「届けもの？」

祖父が怪訝な表情を浮かべる。

「はい。こちらなんですけど」

「ああ、手紙が紛れてしまったのか。わざわざすまないね。そうだせっかく来たのだからお茶でも飲んで行かないか？」

「あ……では、少しだけ」

戻ってやりたいことはあるが、せっかくの誘いを断るのは気が引ける。

祖父に付いて近くの和室に移動した。

縁側から広い庭に繋がる見晴らしのよい部屋だ。

温かいお茶を淹れて貰い、他愛ない話をする。

「響一が我儘を言っていないか？」

「いえ、いつも気遣ってくれてよくして貰っています」

「新しい住まいで困っていることは？」

「全くないです。設備は充実しているし、お庭の眺めもとても素敵な素晴らしい環境ですし」

ちらりと中庭に目を遣りながら言うと、祖父はどこか寂しそうに目を細めた。

「お祖父様、どうしました？」

「昔、響一と広斗がその庭で走り回っていたのを思い出してね」

「響一さんが？」

祖父はゆっくり頷く。

「広斗は母親の仕事が忙しかったのもあり、頻繁にうちで預かっていたんだ。ここで育ったようなものだな……響一と仲がよくてふたりでいつも元気に騒いでいたよ」

「今のふたりからは想像出来ませんね。見てみたかったです」

思わずくすりと笑みがこぼれた。祖父も優しい目をしている。

「ふたりとも親に問題があって放任されていたから、私が育てたようなものだ。そのせいか響一は年寄り臭いと言われたことがあったな」

「そうなんですか？　そうは感じませんけど」

一体誰の発言だろう。

「いや確かに食の好みなど私に似てしまったところもあるからね」

「あ、言われてみれば和食が好きですね」

祖父の口元が綻ぶ。

「年寄りくさいと言われた響一は一瞬目を丸くしたが、すぐに笑い飛ばしていた。まだ子供だったのに何が悪いんだと笑い飛ばせる度量が大きい子だったよ。情に厚いところもある。自由に暮らしていたのに、わたしが倒れたら頼んでいないのに戻ってきた」

響一について語る祖父の顔は優しかった。本人には厳しいことばかり言っているけれど、心から孫を大切に思っているのが伝わってくる。

「花穂さん、響一を頼みます」

改まって言われ、花穂も居住まいを正す。

「はい。妻として響一さんを支えられるように努力します」

「ありがとう」

さわさわと庭から心地よい風が流れてきた。

(お茶に誘って貰えてよかったな)

響一の幼い頃の話や、祖父の響一への気持ちを感じられた。

しかし満たされた気分になっていたところ、祖父がふと顔を曇らせた。

「あとは広斗が落ち着いてくれたらいいのだが」

どうやらもうひとりの孫が気がかりなようだ。

（広斗さんはしっかりしてそうだし、そこまで心配しなくても大丈夫な気がするけど）

そのとき祖父が深い溜息を吐いた。

「先日あんな騒ぎを起こしたのに、まだ現実を見ようとしない」

「先日、ですか？」

「花穂さんにも迷惑をかけてしまったかな。夜遅くまで騒々しかっただろう？」

「そう言えば……」

少し前に祖父に来客とのことで家中が騒がしかった。

人払いしていると聞いたから、余程周囲に見られたくないような相手と会っているのかと思っていたけれど。

（あのときのお客様は広斗さんの関係だったのかな？）

祖父の口ぶりからそのような印象を受ける。

「不愉快だが来週も同じようなことがあるかもしれない。花穂さんは前回と同じように気にせず過ごしなさい」

「はい、あの響一さんはそのことを？」

「前回と同様花穂さんの側にいてあげなさいと言ってある」

「……前回同様？」

その言い方だと、祖父はあのとき響一は花穂と一緒にいたと思っているようだ。

（響一さんは深夜まで仕事で帰ってこなかったけど）

「この件は響一が関わる必要はないからな。この前もそう言って追い出したんだよ。もしかして文句を言ってたのかな？」

「い、いえ……そうではないんですが」

花穂は気持ちがずしんと沈むのを感じていた。

（あの日は仕事じゃなかったの？）

祖父が響一に離れに帰れと言ったというからには、一度帰宅していたということだ。でも花穂には黙っていた。

しかもただ言わなかっただけではなく、外から電話をかけてきて仕事で遅くなると別の理由を告げたのだ。

（響一さんがまた嘘をついた？）

彼が不審な行動をするのはこれで二度目だ。

前回も今回も仕事だと偽って、一体何をしていたのだろうか。

忘れかけていた不安が、再び体中に広がっていく。

「花穂さんどうした？」

動揺が顔に出たのか、祖父が怪訝そうに声をかけてくる。

「あの……いえ、なんでもありません」

来客があったというときの経緯を詳しく聞きたかったものの、ここで祖父を問い詰めたら、響一との不仲を疑われてしまいそうだ。

孫の結婚を誰よりも喜んでいた祖父だ。とても心配をかけてしまうだろう。

(聞くなら響一さんに直接だわ)

「心配事があるなら遠慮なく言いなさい」

「はい、ありがとうございます」

気遣いは嬉しいが、今は言えない。

なんとか誤魔化しその場を切り上げて部屋に戻ると、出社時間が迫っていた。

落ち込んではいるが気持ちを切り替えなくてはならない。

響一の件は一旦考えないようにして支度をして家を出た。

今日はカフェの近くでイベントがあるらしく、普段よりも客の出入りが多かった。

新しいスタッフが入って人手は足りているものの、まだフォローが必要なので、全方位に気を配りながら接客をこなす。ひと息吐く間もない程忙しかった。

ただ今の花穂には、他のことを考える余裕がない状況が逆によかった。

少し残業をしてから、食材を買って帰宅。夕食の下準備を済ませ休憩をすると、今朝の出来事が蘇り、憂鬱さに苛まれた。

（響一さんにいつ話そうかな……なんて切り出せばいいのだろう）

彼が嘘をついたと知ったときはショックだったし、絶対に理由を聞きたいと思った。

ただ時間が経ち多少落ち着いた今は、その勢いが失せている。

花穂は元々相手に詰問するような真似が苦手だ。お互いが嫌な思いをするくらいなら自分が我慢した方がいいと考える。

（私が黙っていたら、問題なく今まで通りでいられる）

けれどその性格のせいで、酷い婚約破棄を経験した。

そこまで揉めない場合でも自分自身納得いかないまま我慢を続けると、いつまでも尾を引く。

（やっぱりこのままじゃ駄目だ）

響一とは絶対に険悪な雰囲気になりたくないけれど、不信感を持ったままではいつか相手を信用出来なくなる。

ひとり悩んでいると玄関が開く音がした。

はっとして時計に目を遣ると、いつの間にか午後八時を過ぎている。

花穂はソファから立ち上がり急ぎ玄関に向かう。

「響一さん、お帰りなさい」

「ただいま」

出迎えた花穂に、いつもの優しい笑顔を返してくれる。とても優しい眼差しで花穂の胸はドクンと高鳴った。

(やっぱり好きだな……こうして顔を合わせると、不信感がどこかに行ってしまいそう)

彼から愛情を感じるだけに、自分から波風立てたくないという悪いところが強く出てくる。

深刻な話し合いよりも、穏やかに寄り添いたい。

(でも見て見ぬふりしたら絶対に後悔する)

昔のような失敗はもうしないと決めたのだから。

さすがに食事中に気まずくはなりたくないから、食べたあとに話を切り出そう。

(大丈夫。悩んでいると打ち明けたら響一さんはきっと真摯に返事をしてくれるはず)

夫を信じ、自分を鼓舞して声をかける。

「響一さん、食事を先に……」

「あ、ごめん、ちょっと待って」

丁度どこかから電話が入ったらしい。響一がスマホをスーツから取り出し応答する。

「はい……え？　今から花穂も？」

邪魔にならないように少し離れようと思ったところに、自分の名前が出てきたので花穂はその場に留まり響一を見つめる。

「分かりました。すぐに行きます」

響一は電話を切ると小さく息を吐き、それから花穂に申し訳なさそうな視線を向けた。

「祖父に呼ばれた。花穂も一緒に来て欲しいそうだ」

「え？　あ、分かった。すぐに出られるようにするね」

花穂は大急ぎで私室に行くとエプロンを外して手櫛で髪を整える。長袖Tシャツ一枚だったので上から薄手のカーディガンを羽織り玄関に戻る。響一は脱いだ靴を履き花穂を待っていた。

「急かして悪い」

「大丈夫」

そのまま離れを出て響一と母屋に向かう。

（用ってなんだろう。今朝会ったときは何も言われなかったけれど）

花穂まで呼ぶということは、仕事関係ではないだろうし。

「失礼します」

急ぎ足で祖父の部屋に辿り着くと、響一がひと言かけて引き戸を引いた。

「会長、急ぎの話って言うのは……」

響一はそう声をかけたが次の瞬間、声を詰まらせた。

花穂も同様に驚き目を見開いた。響一が早足で部屋を突っ切る。

「いったい何があったんですか？」

祖父の腕には包帯がぐるぐる巻かれ、三角巾でつるされていた。

「……ちょっと転んでしまってな」

「転んで？　また無理をしたんでしょう？」

心配のあまり声を大きくする響一に、祖父は気まずそうな顔をする。

「大した怪我じゃないから大袈裟に騒ぐな。花穂さんが驚いているじゃないか」

「私のことは気にしないでください。それより本当に大丈夫なんですか？」

慌ててそう言った花穂に、祖父は微笑んで頷く。

「心配かけてしまったね、問題ないよ。ただ響一と花穂さんにお願いがあって来て貰ったんだ」

「はい。なんでもおっしゃってください」

身の回りの世話や、送迎のための運転だろうか。

（お祖父様にはそういうスタッフが付いているけれど、家族の手も必要なのかも）

もちろん精一杯協力するつもりだ。

祖父は花穂に「ありがとう」と返事をすると、響一を見上げた。

「三日後、加納紡績新社長の就任祝いがある。六条家も招待されているから、私の代わりにお前が花穂さんと参加してくれ」

「加納紡績って伊那の家の？」

親友の家名が出てきたことでつい驚きの声を上げてしまった花穂に、祖父がおやと意外そうな表情をした。

「伊那さんは社長の娘だが、花穂さんは面識があるのか？」

「はい。伊那とは幼馴染なんです」

「おお、それは知らなかった。加納家と六条家は先々代から交流があって、今後も付き合いが続いていくだろう。いずれ花穂さんにも紹介する必要があると思っていたが、元々知り合いだったとは驚きだ。だがそれなら集まりに参加しても問題ないな……響祖父が響一に厳しい声をかける。

「はい」

「加納家と縁があると言っても、他は面識がない者が多いだろう。しっかり花穂さんをフォローするのだぞ」

「もちろんです。言われなくても花穂の側から離れるつもりはないですよ」

響一がそう宣言し、柔らかな眼差しを花穂に向ける。

「花穂も俺から離れないように意識して欲しい」

「う、うん。分かった。でもあまり心配しなくても大丈夫。響一さんは仕事関係の人への挨拶があるだろうし、私が外した方がよさそうなときは言ってね。すみっこで大人しくしてるから」

「いや……」

響一が何か言いかけたとき、祖父が割り込む。

「花穂さん、響一の言う通りにしなさい。集まりには六条家に対してよくない感情を持っている相手が残念ながらいるのだ。花穂さんはおそらく注目を浴びるだろうから、慣れるまでは響一を盾にしておきなさい」

祖父の顔は真剣でその言葉が脅しでもなんでもなく、事実なのだと物語っている。

「……分かりました。仰る通りにします」

パーティーとは言っても伊那の家主催ということもあり、気楽に考えてしまっていたようだ。

その後、離れに戻ると響一が申し訳なさそうに花穂を見た。

「花穂、会長は不穏なことを言っていたが、怖がらなくて大丈夫だ。俺が付いているから心配しないで」

「うん。心強いよ」

響一が花穂を心配してくれているのがひしひしと伝わってくる。本当に大切にして貰っているのだ。

(それなのに、どうしてときどき隠し事をするのかな)

幸せだからこそ、ほんのひと欠片の疑惑が、堪えてしまう。

「……最近元気がないように見えるが大丈夫か？」

「平気だよ。それよりお腹空いたでしょ？　ご飯食べようか？」

「あ、ああ」

花穂はキッチンに行き用意しておいた夕食の仕上げをする。

今日は少し迷った末に生姜焼きと煮物小鉢にご飯と味噌汁という献立にした。

肉を焼き、煮物と味噌汁を温める。いい匂いがキッチンを漂い食欲をそそる。

出来上がった料理をダイニングテーブルに運び、席に着いた。

「いただきます」

響一は空腹だったのか、お代わりまでして完食した。

花穂の料理を美味しそうに食べてくれる姿を見ていると、嬉しくて次はもっと美味しいものを作ってあげたいと思う。

こうしてふたり向き合っている時間が愛おしい。

（……今日は話し合うのはやめた方がよさそうだよね）

三日後ふたりでパーティーに出席する予定がある以上、言い争いに発展して気まずくなったら困る。

憂鬱な事を先送りにしてしまったときのように、落ち着かない気分だが仕方ない。

翌日の昼過ぎ。

出勤した花穂は、早速伊那にパーティーについて質問した。

「今度の日曜日、加納紡績主催のパーティーがあるんだってね。急遽響一さんと私が

「ああ、うちの兄が社長就任の挨拶をする会でしょ？　花穂も出るんだ」

伊那が意外そうに目を丸くする。

「そうなの。六条家からはお祖父様が出席する予定だったんだけど、事情があって私たちが代わりに。伊那は出るの？」

ちょうどアリビオの定休日と重なっており、スケジュール調整はしやすいはずだけれど。

「父からは参加するようには言われてるけど、気が乗らなかったんだよね。でも花穂がいるなら出ようかな」

「気が乗らないって、お兄さんのおめでたい席なのに」

新社長に就任するという兄は前妻の子のため、伊那は母親違いの妹だ。

家庭の事情で伊那が高校に進学するまで別居していたから、普通の兄妹に比べて共に過ごした時間が少なかったそうだ。

けれど性格が合うのか、兄妹仲は良好らしい。少なくとも祝い事をスルーするとは考えられない。

「もちろん兄へのお祝いは別でするつもりでいるけど。でもああいう派手な集まりは面倒なんだよね。中には下心丸出しで近付いてくる人間もいるし、かと思えば敵対心丸出しとかね。楽しいよりも面倒。私は合わないなっていつも思う」

「そうなんだ……なんか怖いね」

花穂の実家、城崎家は地元では有名な家なので、父は様々な集まりに招待されていた。花穂も何回か連れられて参加したことがあるけれど、人間関係のドロドロというものは感じなかった。

(いつもお父さんがちやほやされているのを眺めているだけだったな)

あれは地元という狭い世界のことだったからかもしれない。

しかし、六条家の交友関係は想像していたよりもずっと厳しい世界のようだ。

「花穂は大丈夫でしょう。響一さんが一緒なんだから」

「うん。でもずっと付きっ切りにさせるのは申し訳ないな」

「夫なんだからそんな気を遣わなくていいんじゃない？　でも花穂は初だものね。分かった。今回は私も参加するわ」

「え？　伊那がいるなら心強いけど、無理しなくていいからね」

気が進まない席に無理やり誘うのは気が引ける。

「大丈夫だって。それに参加しないとあとからうるさく言われるのが確定だからね。

うちの父親の小言って長いんだよね」

伊那は「最近ますます口うるさくって」とどんよりした空気を醸し出しながら、料理の下ごしらえを始める。

「そう言えば服は決めた？ さすがにいつもの服じゃ場違いだけど」

「以前響一さんに買って貰った服の中に相応しそうなものがあったんだ。それを着ていくつもり」

まだ一度も袖を通していない淡いクリーム色のひざ下ワンピース。高級感ある光沢で凝ったデザインの素晴らしいものだ。

普段使い出来ないので着ていくところがないのではと思ったものだが、響一の勧めで購入しておいてよかった。

「花穂の方は問題ないみたいだね。私はどうしようかな……最近買ってないんだよね」

伊那は面倒そうに肩をすくめる。

「店をやってると、そういう集まりに参加し辛くなるものね」

「どうしても外せないときはヘルプを呼ぶけど、頻繁には無理だからね……まあ適当でいいか。そう言えば、会場のホテルって最近シェフが変わったんだよね。料理は楽しみかな」

「へえ……それは私も楽しみ」

美味しいものを味わうだけでなく、盛り付けやメニュー構成がどんなものなのか気になる。

「周りの目なんて気にせず全制覇するわ」

「それは……主役の妹なんだからさすがに自重した方がいいんじゃないの？」

「大丈夫だって」

花穂には気をつけろと言った割に、自分には適当だ。

そんな伊那に少し呆れながらも、花穂も当日が楽しみになっていた。

パーティー当日。

花穂は姿見の前で、自分の着こなしを確認していた。

新品のワンピースの上質で軽い生地は、身動きするたびに軽やかに揺れる。

クリーム色の色味と控え目な光沢がしっくりきた。

普段は省略しているアイラインを引くしっかりメイクをし、髪は頑張って編み込みアップにした。前髪とおくれ毛はコテで巻いた。

元々手先が器用なせいか、手慣れていないヘアアレンジもメイクも思ったより手こずらず、なかなかの仕上がりで、自分とは思えない程華やかな印象になった。

あっさりした顔立ちでメイクが映えるタイプだからか、思っていたよりも変身した気がする。

（これだったら響一さんと並んでも、なんとかなるかな……何を着ても様になるイケメンの夫を持つとある意味大変かも）

そんな恵まれた悩みに溜息を吐き、仕上げにイヤリングを付けて部屋を出る。

リビングには支度を終えた響一がいて、花穂の姿を見ると驚いたように目を瞠《みは》った。

「花穂？　……驚いた。なんだか雰囲気が違うから」

彼は腰かけていたソファから立ち上がり、花穂に近付いてくる。

「今日は頑張ってお洒落してみたから。変じゃない？」

「そんな訳ないだろ？　すごく綺麗だ」

響一はうっとりしたような表情で花穂を見つめる。甘やかなその言葉と視線に花穂の胸はたちまち舞い上がった。

「よ、よかった。パーティー会場で場違いになったらどうしようって心配だったの」

「そんな心配はいらない。絶対花穂が一番綺麗だ」

「まさか！」

それはいくらなんでもほめすぎだ。嬉しいを通り越していたたまれなくなる。

「お世辞だと思ってるならそれは誤解だ」

響一が花穂を見つめ、頬にそっと触れてくる。

花穂の心臓がドクンドクンとうるさく音を立てた。

甘くそれでいて緊張感を伴うひととき。

響一とのスキンシップで少しは慣れたと思っていたのに、全然そんなことはなかった。

(最近はお休みのキスもしてなかったから)

このままキスをされるのかと思っていた。

けれど予想とはうらはらに響一は体を離してしまった。

「そろそろ行こうか」

戸惑う花穂とは対照的に、響一は何事もなかったかのように冷静だ。

「う、うん」

(どうしてやめちゃったのかな?)

それともキスをされると思ったのは花穂の勘違いだったのだろうか。

拍子抜けしたようながっかりしたような思いで、花穂は響一のあとを追った。

六条家からパーティー会場のホテルまでは、車で約二十分。お酒を飲むことになるだろうから、今日は運転手付きの車での移動だ。

後部座席にふたりで並び流れる景色を見たり、挨拶をする必要がある相手の情報を聞いたりしているうちに、あっという間にホテルに到着した。

会場の広間には着飾った人々が集まっていた。想像していた以上の盛況ぶりに驚いたものの、響一が隣にいてくれたので必要以上に緊張せずに済んだ。

「これだけ人がいると伊那と会うのは難しいかな」

ざっと会場内を見回したが、今のところ彼女の姿は見えない。

「そのうち見つかるさ」

「そうだといいけど……響一さんの知り合いは来ているの？」

祖父の代わりに挨拶をする相手ではなく、個人的な友人知人という意味で聞いた。

彼は正確に受け取り頷く。

「もしかしたらひとり来て……」

「六条さん！」

そのとき響一の言葉に割り込むように野太い声がした。

振り向くと恰幅のよい五十代くらいの男性が、響一めがけて足早に近寄ってくるところだった。

おそらく祖父の知り合いだろうと、少し緊張しながら響一の様子を窺う。彼は明るい笑顔で男性を迎えた。

「広田《ひろた》さん、お久し振りです」

(広田さんって昔お祖父様の部下だった人だったかな。今は『広田商事《ひろたしょうじ》』の社長になったっていう)

先ほど響一からレクチャーを受けた内容が、ぱっと頭に浮かぶ。しばらくすると響一が花穂に視線を向けた。

「広田さん、今日は妻を紹介させてください」

響一の言葉を受けて花穂は緊張しながら口を開く。

「広田様、はじめまして。響一の妻の花穂と申します。どうぞよろしくお願いいたします」

上手く振舞えただろうかと不安になったが、広田の上機嫌の声が耳に届いた。

「おお、こちらの女性が！　……広田商事で代表取締役社長をしております広田です。響一さんが結婚したという噂を聞いて、ぜひ奥様にお会いしたいと思っていたんですよ」

早口で捲《まく》し立てられ花穂は戸惑いながら、微笑んだ。

「あ、ありがとうございます」

「いやいやこちらこそ！　そうだ、うちの娘も連れてきていますのであとで紹介しましょう。年も近そうだし仲よくなれそうですな」

どうやらかなりフレンドリーなタイプの人のようだ。

「響一くん、こんな美人の奥さんを貰えて幸せ者だな」

他の人にも聞こえてしまいそうなボリュームで笑う広田に、響一の口元が綻んだ。

「ええ。世界一の幸せ者だと自負しています」

（き、響一さん？　なんてことを言うの）

重要な知人の前、ギャラリーも多い中でリップサービスをしなくてもいいのに。

広田が惚気発言を好意的に受け止めてくれているからよかったが。

その後会場を回り挨拶を続けた。響一に紹介され挨拶を交わすたびに、真剣に観察されている気配を感じる。

祖父が言っていた通り、どうやら花穂はかなり注目を浴びているようだ。

落ち着かない気分になるが、きっと今だけの話だ。

(響一さんと結婚したんだから関心を寄せられるのは仕方ない。周囲の視線は気にしないようにしよう)

実際響一はパーティー会場でも一際目を引く存在だった。

モデルのようなスタイルはフォーマルな衣装も難なく着こなし、嫌になる程様になっている。

彼は花穂が一番綺麗だなどとお世辞を言っていたが、響一こそ多くの人たちの中で輝いていた。

挨拶回りが落ち着いた頃、響一が花穂の耳元で囁いた。

「花穂、伊那さんが来た」

「あ、本当だ」

彼の視線を追った先に伊那の姿を見付けた。彼女はブラックのパンツスーツ姿で他の招待客に比べるとシンプルな装いだった。

しかし纏う雰囲気は洗練されていてさすがだと思った。

「花穂、響一さんもようやく見付けたわ」

「伊那、よかった会えて。すごい人だね」

「各方面に声をかけたみたいだからね。人脈を広げる意味もあるんじゃない？」

「なるほど」

新任社長は大変なのだと納得していると、ちらちらと周囲の視線が伊那に集まっているのに気が付いた。

響一もいることから、花穂の周囲はかなりの注目度だ。

しかし突然会場の前方が騒がしくなった。何事かと目を向けると雛段に若い男性が上がったところだった。

「伊那のお兄さん？」

東京に出てきたとき伊那に紹介されて一度挨拶をしているが、遠目だとよく分からない。

「そう。挨拶が始まるみたいね」

伊那がそう言った直後、マイク越しの声が会場に流れ始めた。

新社長らしい前向きで若々しさを感じるスピーチが終わると、会場内がわっと盛り上がった。

このあとは各自歓談するようだ。

立食形式のテーブルいっぱいに用意された料理も手を付けてよいとのこと。

「花穂、何か食べるか?」

響一が気遣って声をかけてくれる。

「うん、美味しそう。新シェフの料理なんだってね」

伊那と一緒に堪能するのを楽しみにしていた。ただこの注目度では控え目にした方がよさそうだ。

「伊那さんの分も取ってくるよ。花穂たちは座って待っていて」

立食形式とはいえ、休憩用にいくつか椅子がある。響一は空いている椅子に花穂と伊那を促し、自分はテーブルに向かおうとしたが、少し移動しただけで招待客に囲まれてしまった。

「六条さん、ご無沙汰しております。ご挨拶が遅れて申し訳ありません」

妙齢の女性は響一がひとりになるタイミングを狙っていたのかもしれない。

彼はほんの一瞬だけ真顔になったものの、すぐに愛想笑いを浮かべて対応する。

次々話しかけられる合間に花穂にちらりと申し訳なさそうな視線を向けた。

「あー面倒なのに捕まった。あの調子じゃ、すぐに戻れないわね」

伊那が隣でうんざりしたような声を出す。

「面倒なの?」

「真ん中にいる女性、石堂《いしどう》グループの娘だよ。六条グループとも取引が多くて響一さんが無下に出来ない相手。面倒なのはあの子プライド高いから、ちょっと雑な扱いしただけで騒ぎ出すの。響一さんも今は相手するしかないかな」

「もしかして伊那が言ってた面倒な相手ってあの人？」

伊那は憂鬱そうに相槌を打つ。

「そう。うちとしても気を遣う相手だからね。プライベートでは関わりたくないけど」

「……もしかして、響一さんのことを気に入ってるのかな？」

「あの容姿だし気に入ってるんじゃない？　あの人イケメン好きだし。でも婚約者がいるから略奪しようとかは思ってないはず。ただレベルの高い男と仲よくしたいだけでしょう」

「そ、そうなんだ」

伊那の態度から、よくある光景なのだと悟った。

（婚約者の人それでいいのかな？）

「花穂としては不快だろうけど、仕事だと思って割り切るしかないね。響一さんは当分戻らないだろうから料理取りに行こう」

「やっぱり戻れないよね」

「さっき、花穂を頼むってアイコンタクトされたからね」

「いつの間にそんな合図送り合ってたの？」

伊那は響一の側を通らないようにテーブルに向かう。

近付くと料理の種類は想像以上に多く、デザートまである。

「さ、いただきましょう」

「うん」

伊那と皿に料理を盛り付け、さっきまでいた席に戻る。

「うわ、このマリネ美味しい」

「あ、本当だ！」

感想を言い合いながら食事をしていると、人が近付いてくる気配がした。

視線を向けた花穂は思い切り顔をしかめてしまった。

「有馬さん？」

にやにやしながら近付いてくるのは、元婚約者の有馬輝だった。

（どうして彼がここに？）

あの表情は花穂に気付き、何かいいがかりでも付けようとしているのだろうか。

嫌な予感でいっぱいになりながら、何を言われてもかわせるように心構えをする。

同時に響一を捜したが、先ほどまでいたはずの位置に彼の姿は見えない。

その間にも輝は真っ直ぐ近付き、花穂の前で立ち止まった。

「こんなところで花穂に会うとは思わなかったなあ、お前……」

輝は挨拶もなく昔から変わらない嫌みな口調で話しかけてきたが、花穂の隣に座る伊那に気付くと、ぴたりと口を閉ざした。

（もしかして私ひとりだと思ってたの？）

花穂を見付けた途端、周囲の確認もせずに突撃してきたというのだろうか。

半ば呆れて輝の様子を眺めていると、彼は取り繕った笑みで伊那に話しかけた。

「加納社長の妹さんですよね？」

「そうですが、あなたは？」

伊那の声は無礼とも感じるくらい素っ気ないものだった。

彼女は勘がいいから、花穂の態度を見て輝に警戒心を持っているのだろう。

「あ、挨拶がまだでしたね。俺は有馬輝と言います。『有馬製造《ありませいぞう》』で専務をしてます」

輝は花穂に対する態度と百八十度違う、まるで媚を売るような態度で伊那に接する。

「有馬製造？　ごめんなさい存じ上げませんね」

「そ、そうですか？　地元では一番の企業なんですけどね」

あははとから笑いをする輝の顔は引きつっている。
(ものすごく怒ってるんだろうな)
しかしその怒りを伊那にぶつける気はないようだ。輝の会社と加納紡績との間には
花穂が知らない力関係のようなものがあるのかもしれない。
伊那の方は輝が名乗ったことで正体に気付いたようだった。
初めから素っ気なかった態度が、更に冷ややかなものに変化し、居心地の悪い空気
が辺りを漂う。
「そ、そうだ。花穂に話があるんだった。ちょっと付き合って貰えるか?」
伊那の手前、輝は花穂にも控え目な口調だ。
「夫を待っているところなので、話ならここでお願いします」
言われるがまま輝に付いていくつもりはない。
(どうせろくな話じゃないだろうし)
どうしても必要な言伝ならば今ここで言えばいいのだ。
「は? ……プライバシーの問題があるからここでは言えないんだよ」
輝は激しい怒りを見せたあと、伊那にちらりと視線を遣りながら言う。
拒否していると言うのに諦める様子がない。

だからと言って輝とふたりきりになるなんて、罠《わな》にかかるようなもの。

人目がないところに移動するのは危険だと分かり切っている。

とは言え、これ以上輝が騒いだら周りに気付かれてしまうかもしれない。ただでさえ花穂は注目を集めているのだ。

些細《ささい》な出来事でも悪意を持って受け止められたら、響一の迷惑になるかもしれない。

(どうしよう……)

響一はまだ戻りそうにない。困っていると伊那がすっと椅子から腰を上げた。

「伊那?」

「私が外すから、ここで話すといいわ」

「え? いやでも」

予想外の展開なのか輝が動揺を見せる。

「小さな声で話せば周りに聞こえないから、プライバシーは保たれるでしょう。話をするだけなんですよね? 何も問題ないじゃない。それとも他に何かあるの?」

問い詰められて、輝は言葉に詰まる。

伊那は輝から花穂に目を向けて険しい表情を和らげた。

「向こうにいるから、何かあったら呼んで」

「うん、ありがとう」

伊那の機転に感謝した。

（ここなら彼もヒステリックに暴れたりしないでしょう）

もし騒ぎを起こしたら輝の立場だって厳しいものになるのだ。今日は悪酔いした様子はないから、さすがに理性があるはずだ。

「……くそ」

伊那がいなくなると輝は悪態をつき、どかっと乱暴に椅子に座った。それから花穂に怒りに染まった目を向ける。

「余計な真似しやがって」

まだぶつぶつ呟く輝に、花穂は不快感を覚えながら声をかける。

「それで話ってなんですか？」

輝はぎろりと花穂を睨んだ。

「お前、うちの会社を潰せとでも旦那に言ったのか？」

想定外すぎる言葉に花穂は眉をひそめた。

「なんの話ですか？」

「とぼけるな。お前の旦那と会ってからうちとの取引をやめる会社が続出してるんだよ。どう考えても六条グループの圧力がかかってるだろうが！」

「私は何も言ってないし、夫がそんなことをするとは思えませんけど」

六条グループはかなりの影響力を持つ企業だから、その気になったら可能かもしれないが、響一が個人的な感情で会社を巻き込むような仕返しをするとは思えない。

（もし有馬さんに怒って何かするとしても、もっと堂々としたやり方をしそう）

彼は絶対に姑息な手段は取らない。むしろ輝の方がやりそうだ。

「夫はそんな裏工作はしません」

堂々と自信を持って言えた。

「何か誤解されているんじゃ？」

「誤解な訳ないだろ？　だったらお前はうちの取引先が減っているのをどう説明するんだよ！」

「それは私には分からないけれど」

（有馬さんの様子、今日は少し違う感じがする。怒っているというより焦っているような……）

響一が手を回したとは思えないが、輝の会社に何かが起きているのは真実なのかもしれない。

だからと言って花穂が原因を知る訳がないのだけれど。

「これ以上卑怯《ひきょう》な真似をしたらどうなるか分かってるんだろうな？」

「だから有馬製造の問題に私たちは関わっていません。それに脅すような言い方しないでください」

輝から受けた暴行の記憶のせいで、どうしても彼を前にすると身が縮まりそうになる。

しかしはっきり言わないとどんどん曲解して、事態はどんどん悪くなっていく。

花穂の言葉でしっかり否定して輝を追い返さないと、きっといつまでもこの関係は変わらないだろう。

今は幸い伊那がこちらを注意してくれている。もし昔のように暴れられても、すぐに止めに入ってくれるはずだ。

「有馬さん、私と私の家族に対してこうやって思い込みで責めるのはこれで最後にしてください。会社の件が実際どうなっているのか知りませんが、きちんと調べたら原因が分かるんじゃないでしょうか」

「お前……六条家に嫁いだからって偉そうな口を利くなよ！　調子に乗りやがって」

「それからお前って言い方もやめてください。不快です」

「は？　だから生意気だって言ってるんだよ！」

この柄の悪い態度で、企業の後継ぎが務まるのだろうか。

「脅しはやめてくださいとお願いしました。これ以上理不尽な発言をするなら、本当に争うことになりますよ」

恐怖に耐えて必死に言葉を尽くしているつもりだが、輝は花穂を下に見ているからか、何を言っても怒らせる一方だった。

「調子に乗るなよ！　お前なんて……」

輝は今にも襲いかかってきそうな気がする程花穂を憎々し気に睨む。しかしはっとした表情を浮かべると花穂から目を逸らし、激情に耐えるようにぐっと拳を握り締める。

「お前を絶対に許さないからな」

周囲の目に気付いたのだろうか。それまでとは違った低い小声だった。

まるで親の敵のように花穂を睨む。けれど何かを思い出したように急ににやりと笑った。

「そうだ。花穂にいいことを教えてやらないとな。お前の旦那の六条響一には、何年も前から付き合ってる女がいるらしいぞ」

「え？　何を言って……」

突然、思いがけない方向に話が飛び花穂は戸惑う。しかもその内容は聞き捨てならないものだった。

「噂では家の事情で結婚出来なかったらしいな。悲恋ってやつ？　でもまあ花穂も残念だったな。せっかく結婚出来たと思ったら旦那には本命がいるんだから」

「うそ！　本当はそんな噂ありませんよね？」

どうせ輝の嫌がらせだ。そう思おうとしているのに、動揺が隠せない。

花穂の心情を見抜いたのか、輝の機嫌が上向いたようだ。嫌らしい笑顔になる。

「知らないのはお前だけなんじゃないか？　六条家の後継者候補と朝宮家の令嬢がいい関係だってのは有名だぞ？」

「……朝宮家？」

花穂の脳裏にアリビオで会った朝宮百合香の姿が浮かぶ。

（まさか……彼女と響一さんが？）

「あれ？　やっぱり心当たりあるじゃん」

輝のちゃかすような声が聞こえる。

「う、噂の内容はどんなものなんですか？」

「それは教えられないな。知りたいなら対価を出せよ。今すぐ嫌がらせをやめろ」

「……もういいです。有馬さんに聞いた私が間違っていました」

動揺のあまりつい輝に聞いてしまったが、信用出来ない相手の言葉など意味がない。

「そろそろ話は終わったかしら」

花穂の後ろから伊那の声がした。いつの間にか近付いてきたようだった。

輝はむっとした表情になりながらも、伊那には文句を言えないのか逃げるように去っていった。

「花穂大丈夫？　顔色が悪いけど」

「大丈夫……ちょっと嫌な話をされて」

伊那が隣に座ると心配そうに花穂の顔を覗き込む。

「あいつが最悪な元婚約者でしょ？」

「……うん」

「手は出されてなかったと思うけど、嫌みを言われたの？」

「ねえ伊那、響一さんに何年も前から付き合ってる相手がいるって聞いたことある？」

「え、急にどうしたの？」

伊那が怪訝そうに首を傾げる。

「有馬さんがそう言ってたの。家の事情で結婚出来なかった悲恋だって」

「何それ、聞いたことない。どうせ適当に言ってるんでしょ。花穂への嫌がらせじゃない？」

「でも、その相手っていうのが私も知ってる人で、全くの嘘とも思えない」

「そうなの？」

伊那が一転顔を曇らせる。

「私も知ってる人？　名前は？」

「朝宮百合香さん。伊那は面識ある？」

「知ってはいるけど、交流はないよ。朝宮さんか……確か三十歳くらいで、独身だったよね」

伊那は思い出すように目を細めているが、有効な情報はなさそうだ。

花穂は小さく溜息を吐いた。

(ただの噂だと思いたいけど、響一さんは朝宮さんを特別扱いしているような気がした。それにときどきの嘘)

花穂に行動を隠すようなあの嘘をついたとき、一体何をして誰といたのだろうか。

「きっとただの噂だよ。どう考えても元婚約者の嫌がらせの可能性が高いんだし、あまり落ち込まない方がいいよ」

「分かってる。悩んでいても仕方ないよね。結局は本人に聞くしかないんだから」

けれど問い質《ただ》したときになんと言われるのか怖ろしい。

本当のことを話してとお願いして、実は百合香が好きなんだとでも言われたら。

浮かぶ最悪の想像を花穂は慌てて振り払った。

(そんな訳ない。響一さんの態度を見たら、私を大切にしてくれてるのは間違いないんだから)

「それにしてもあの男は本当にむかつくよね。なんとかならないかな」

「もう放っておくしかないよ。関わったらいつまでも絡まれるから。心配かけてばかりでごめんね」

「謝らないでっていつも言ってるでしょ？　花穂には昔本当に助けられたんだからお互い様だって」

「大昔の話じゃない。それに私は大したことしてないし」

伊那はドライな発言が多いけれど、一方で情に厚く恩を忘れない人だ。

「私にとっては大事なことなんだよ。家のごたごたで突然知らない土地に引っ越しをして、寂しくて死にそうだと思ってたときに花穂がいつも一緒にいてくれたんだから。

他の友達に馴染めたのも花穂がフォローしてくれたからだし」

子供の頃を思い出しているのか、伊那が遠くを見つめるように目を細める。

「とにかく暗くなりそうだった子供時代を楽しく過ごせたのは花穂のおかげだから。花穂が困ってるときは私が助けるよ」

「……ありがとう。でも有馬さんには関わらないでね。本当に怖い人だから」

必死に訴えると伊那は渋々ではあったが頷いた。

「響一さん遅いね。まだ絡まれているかもしれないから、そろそろ助けに行こうか」

「そうだね」

伊那とふたりで会場内を響一の姿を求めてさまよう。

「いないね」

「うん、響一さんは目立つからすぐ見つかると思ったんだけど」

「外に出てるのかな」

伊那が言うには中庭にひと息吐きに出る人もいるらしい。

会場を出て廊下から庭に出る。するとすぐに響一の姿を見付けた。

彼は花穂に背中を向けており、誰かと話し込んでいる様子だった。

「あ、見つかったじゃない」

伊那も響一に気付いたようで、少し大きな声を出した。すると声が届いたのか響一がこちらを振り返る。

彼の体が少しずれたため、初めて奥にいる人物の姿が見えた。

すらりとした女性は、朝宮百合香だった。

「響一さん……どうして」

人目を避けるように彼女と何をしていたのだろうか。

彼を信じているけれど目の前の光景が辛い。胸に鋭い痛みが走る。

「花穂？」

そんな花穂に響一が動揺したように目を見開いた。

◇◇

明らかに傷付いた表情の妻の姿に、響一は酷く慌てた。

とてつもなくまずい状況だ。

後ろめたいことは何もないが、花穂を傷付けてしまったのは間違いないと察したからだ。

（何か誤解させてしまっている）

それともなかなか戻れなかったのがよくなかったのだろうか。ずっと側にいると約束したのに、伊那がいるからと油断してしまった。

とにかく話し合って許して貰わなくてはと響一は慌てて花穂に近付いた。

「花穂、ごめん側にいられなくて」

的外れかもしれないが、何か言わずにはいられず声をかける。

花穂は言葉なく響一を見返す。明らかに不審そうな目。

ここ最近、花穂の様子がよくない方向に変化したのは気付いていた。

ときどき暗い顔をするし、響一に対して壁のようなものがある。

なんとかしなくてはと思っていたが、その対応が遅すぎたのかもしれない。

自分の判断ミスを後悔しながら、それでも今から挽回するべく花穂に訴える。

「疲れているよな。するべき挨拶は終わったから帰ろうか」

「……響一さんの用はもう済んだの？」

花穂の視線は響一ではなくその後ろ、つい先ほどまで話をしていた百合香に向いていた。

花穂のことで頭がいっぱいになって失念していたが、百合香を放置したままだった。

「ああ、ちょっと話があっただけだ。もう済んだから大丈夫」

「でも」

なぜか納得いかない様子の花穂に戸惑いながらも、響一は少し離れた位置で佇む伊那に目を向けた。

その瞬間うっと息を呑む。伊那は花穂よりも不機嫌で、まるで睨んでいるかのように響一に鋭い視線を向けていたからだ。

響一は引きつった笑顔で伊那に声をかける。

「伊奈さん、花穂に付いていてくれてありがとう。助かったよ。このお礼はまた後日……」

「響一さん」

伊那がすたすた近付いてきて、相変らず険しい目で響一を凝視した。

「ど、どうしたんだ？」

「花穂を放って他の女性とこんな人気のないところで何をしていたの？」

迫力ある声に響一は驚いたが、伊那の隣の花穂もぎょっとした表情になっていた。

けれど止める様子はない。

（つまり花穂も同じ疑問を持っているのか？）

響一はようやく自分の失態に気付き、青ざめた。

「花穂、多分誤解しているよな。ちゃんと説明するから聞いて欲しい」

「え、ええ……」

響一の勢いに戸惑ったのか、花穂が少し体を引いてしまった。しかし逃さないようにほっそりした腕を掴む。

響一は一旦後ろを向き百合香に声をかけた。

「百合香、ふたりに事情を説明するけどいいよな」

「ええ。どう見ても駄目とは言えない状況みたいだから」

そんなやり取りの間も花穂は不審そうに響一と百合香を見ている。

早く誤解を解きたくて響一は口を開く。

「ここで百合香と話していたのは、聞かれたくない内容の話をしていたからだ。彼女は広斗と付き合っている。ただ両家の家族に強く反対されていて、関係を隠しているんだ」

「……え？」

花穂が丸い目を瞬いた。伊那も驚きの顔で百合香を見ている。

「反対ってお祖父様が？」

戸惑いがちな花穂の声がした。

「ああ。うちと朝宮家は犬猿の仲と言っていい。だが原因になった揉め事はかなり前の話だし俺と広斗はもう水に流してもいいと思っているんだ」

百合香の祖父は狡猾な人物で、あるとき友人だった響一の祖父を欺き善意を仇《あだ》で返したのが原因だが、その百合香の祖父はもう亡くなっている。当事者不在でいつまでも嫌い合う必要はないだろう。

「実際百合香の両親は結婚を認めているんだ。だがうちの祖父が納得いかないようで大反対している。先日はその件で揉めて、百合香の両親が本宅にまで乗り込んで来た。娘を想っての行動だろうが、結果として喧嘩別れになってしまった」

「あ、もしかしてお祖父様に来たお客様って」

「そうだ。俺は広斗が予定していた海外からの顧客の接待を代わったから話し合いの詳細は知らないが、聞いた話を繋げると悲惨な状況だった」

花穂は真剣に耳を傾けていたが、しばらくすると納得したように小さく頷いた。

「広斗さんの代わりに仕事に……接待だったから遅くなったんだ」

「ああ、そうだ」

接待というところにやけに反応しているのが謎だが、花穂の気分が浮上している手ごたえを感じ、響一は意気込んで言葉を続ける。

「会場で偶然百合香を見かけて、今後について話していた」

「あの、以前広斗さんが響一さんと朝宮さんを探しにアリビオに来たんだけど、そのときは何をしていたの？」

急に話が飛び戸惑ったが、響一は妻の疑問に答えるべく素早く記憶を探る。花穂がそんな話をしていたのは覚えているが、細かい行動はなかなか思い出せない。

「あの日はいつも通りに仕事をして帰宅したはずだが……」

苦戦していると、百合香が会話に入ってきた。

「あの……私から説明しても？」

「ああ」

「私は花穂さんが言ってる日についてよく覚えているわ。あの日の前日に広斗と喧嘩をして、頭に来たから仕事後に会う約束をキャンセルしたの。そしたらどこにいるんだって何度も連絡してきて、面倒だから響一とお気に入りの店で楽しむからもう連絡してくるなって返事をしたら、いろいろな店を捜しまわったみたい。花穂さんが言っているのはそのことじゃないかしら」

また懲りずにそんな痴話喧嘩をしていたのかと、響一は呆れた。

百合香は気が強いところがあるから、広斗とすぐに言い合いになる。最終的には仲直りをするくせに毎回懲りない。

「喧嘩？　あの広斗さんと朝宮さんが」

花穂は驚きの目で百合香を見ていた。意外だと思っているのが表情で分かる。彼女の中の広斗と百合香のイメージとそぐわないのだろうか。

「花穂、俺は広斗たちとは別行動で仕事をしていたのは確かだ。詳しい内容はスケジュールを確認すれば分かるから」

「あの、そこまでしなくて大丈夫。知りたいことは分かったから。朝宮さん、話してくれてありがとうございます」

「ええ」

話が途切れ辺りがシンと静まり返る。

「ねえ、さっきの噂の件聞いてみたら？」

沈黙を破ったのは伊那で、花穂の腕をつつきながらそんなことを言った。

「あ、そうだね」

花穂が緊張した表情で響一を見つめる。

「響一さんと朝宮さんが以前から付き合っているという話を聞いたのだけど、それは真実じゃないよね？」

「えっ、誰がそんな馬鹿なことを？」

寝耳に水だった。しかし花穂の様子から誰かからそのような話を聞いたのは事実な様子。

「……有馬さんに」

響一は大きく目を見開いた。まさかここであの印象最悪の元婚約者の名前を聞くことになるとは思わなかった。

「彼と会ったのか？」

「ここに来てたのよ。私は把握していなかったけどうちの招待客の中にいたみたい」

花穂の代わりに伊那が答えた。

「くそっ」

品があるとは言い難い声がつい口から零れた。花穂が目を丸くしているが、苛立ちの方が大きい。

これは自分への怒りだ。なぜ花穂から離れてしまったのか。あの男とは二度と会わせたくないと思っていたのに。

「大丈夫だったか？　乱暴な真似はされてないか？」

花穂の頭からつま先まで確認する。彼女は気まずそうにしながら頷いた。

「よかった。本当にごめん。嫌な思いをしたよな」

話の続きは帰ってからにした方がよさそうだ。

「伊那さん、悪いけどこれで失礼する」

「そうした方がいいわ。兄とは話したんでしょう?」

「ああ。さっき挨拶させて貰った」

「だったら大丈夫よ。花穂とちゃんと話し合った方がいいわ」

響一は頷き、それから今度は百合香に声をかける。

「俺たちはこれで帰るから。百合香も気をつけて帰れよ」

「ええ」

「花穂、帰ろう」

「えっ……ほんとうにいいの?」

花穂は百合香のことを気にしているようだ。優しい彼女のことだから置いていくのが可哀そうと思っているのだろうか。

「大丈夫。そのうち広斗が迎えに来るだろ」

それよりも今は花穂だ。

響一は花穂を連れてホテルを出た。迎えの車が来るまで少し時間がある。

「待っている間、疲れていないなら少し歩こうか」

「うん」

花穂を連れてホテル近くの広場に向かう。

樹木が並ぶそこは宿泊客が散歩や軽い運動が出来るように、綺麗に整えられていた。防犯のためか薄暗いところがないように灯りが調整されている。

響一は花穂の手を引き、石畳をゆっくり歩く。

パーティーの熱気で少し火照った体に風が心地よいのか、花穂がうっとりとしたように目を細めた。

「花穂、側にいられなくて嫌な思いをさせて本当に悪かった」

響一の言葉に花穂は微笑んだ。

「大丈夫だよ。伊那から相手が無下に出来ない人だって事情は聞いていたから。それに響一さんはきっと伊那がいなかったら私を優先していたでしょう？」

「ああ、それはもちろん。でも有馬が来ているのを知っていたら、伊那さんがいても離れなかった。不義理をしても花穂の下に戻ったよ」

「ありがとう」

花穂が優しく微笑む。さっきまでの沈んだ表情はもうなくて響一もほっとする。

「有馬に何を言われたんだ？　俺と百合香の件だけじゃないだろう？」

「それがよく分からないのだけど、彼の会社が上手く行ってないそうなの。取引先が次々と離れていってるみたいで、私が響一さんに頼んで圧力をかけているんだろうって。そんなことしてないよね？」

花穂が話す内容は思いがけないものだった。

「ああ。あいつには腹が立っているが、会社に手を出して関係ない社員を巻き込んだりはしないよ」

「そうだよね。私も響一さんはそんなことはしないって言ったんだけど、信じて貰えなくて、ものすごく怒っていたの。また何か言ってくるかもしれない」

心配そうに眉を下げる花穂の手を安心させるために優しく握った。

「大丈夫だ。俺の方でも状況を調べてみるから。それに有馬が花穂に近付かないように手を打つ」

（それなりの反撃もしておかないとな）

温厚な花穂はショックを受けしまうかもしれないから伝えるつもりはないが、ある程度きつい仕打ちをしておかないと、ああいうタイプの人間は懲りない。

（二度と花穂に手を出させないからな）

花穂を見下していたあの傲慢な顔を思い出すと怒りが湧いてくる。

遣りすぎないように気をつけないと、まずいことになりそうだ。

荒ぶりそうな心を落ち着けていると、花穂がぎゅっと手を握ってきた。

「ねえ響一さん」

「どうした？」

「私ね、響一さんに嘘をつかれていると思って落ち込んでいたの」

「えっ、俺が嘘を？」

愛しい妻の口から出た信じられない発言に、響一は慌てふためく。全く身に覚えがない。

「響一さんが仕事だって嘘を言っていると思ったから。でもさっき誤解だって分かったからもういいんだけど」

「そうなのか？　知らない間に花穂を傷付けていたんだな。すまなかった」

誤解が解けたならよかった。

「ううん。悩んでいないでもっと早く響一さんに聞けばよかったんだけど、なかなか言い辛くて……もし響一さんに裏切られたらきっと立ち直れないから」

「俺は花穂を絶対裏切らない。自信を持って言えるよ」

「ありがとう。大事にしてくれているのは分かっているのに、勝手に悪い方に考えちゃったの」

「俺が頼りないからだな」

「そんなことないよ……私が響一さんをすごく好きだから」

臆病になってしまうと花穂が言う。響一の胸に抑えきれない愛しさが広がっていく。

「間違いなく俺の方が好きだ」

そっと彼女の華奢な体を抱き締める。ふわりと花の香りがして響一は、はあと溜息を吐いた。

「花穂を大事にしたいと思ってるのに上手く出来ないな」

「そんなことないよ。十分よくして貰ってる。私の居場所は響一さんの隣だって感じるくらいに」

響一を信じ切って愛情溢れる眼差しを向けてくれる花穂を見ていたら、たまらない気持ちになった。

「花穂……愛してる」

ぎゅっと抱き締めると、抱き締め返された。弱い力だけれど響一の胸を打つのには十分すぎる威力だ。

「キスしてもいいか？」

あまりガツガツして花穂に引かれたらと自制していたが、もう無理だった。

花穂は恥ずかしそうに目を逸らす。

「うん……でも今度からは聞かないで欲しい。響一さんが思ったときにしてくれて大丈夫」

嬉しすぎる言葉だ。響一は陶酔感を覚えながら花穂の頬に手を添える。

「本当に？　そんなことを言ったら俺は毎日でも花穂にキスするけど」

毎日どころか、ずっと触れていたいのだから。

「だ、大丈夫……私も響一さんと触れ合いたいから」

「……っ、そんなことを言ったら、止められない。花穂を抱いて朝まで離してやれなくなる。それでもいい？」

熱っぽく告げると花穂が可愛らしく頷く。響一は歓喜でいっぱいになりながら彼女の唇を塞《ふさ》いだ。

触れた唇は熱く、響一の熱をますます高めた。自制が利かなくなりそうだ。

しかし場所を考えると、これ以上は進めない。

理性を総動員して花穂から離れる。

「家まで待てない。このまま泊っていかないか？」

「えっ？」

花穂が驚きの声を上げる。けれどすぐに恥ずかしそうに頷いてくれた。

その姿があまりに可愛くて思わず再び抱き締めて深いキスをしかけてしまった。

足元がおぼつかない花穂の肩を抱いてホテルに戻る。

運よく空いていたセミスイートの部屋は夜景が美しく、花穂が喜んでくれた。

「すごく綺麗」

そう言うが、響一にとっては目をキラキラ輝かせる花穂こそが一番美しく見える。

そっと後ろから抱き締めると、花穂の体がびくりと震えた。

「緊張してる？」

耳元で囁くとこくりと頷く。しかし彼女の手が響一の手にそっと触れる。受け入れている気持ちの表れだろう。

彼女の気持ちが嬉しくて自然に言葉が溢れてくる。

「花穂、愛してる」

「あ……私も」

耳元で囁いたからか花穂が僅かに身をすくめ、振り向いた。

小さく赤い唇に惹かれるように自分の唇を重ねた。

そのまま舌を差し込み深いキスに進んでいく。

美しい夜景に見向きもせずに、花穂を求める。微かに聞こえる吐息が響一の欲を煽るようだった。

今すぐ先に進みたい。けれどそれ以上に大切にしたい。華奢な体を抱き上げてベッドに運んだ。

そっと横たえた花穂が真っ直ぐ響一を見つめてくる。愛しくて無意識に彼女の頬に触れていた。

「好きだよ、どうしようもないくらい愛してる」

自分がこんな台詞を口にする日が来るとは思ってもいなかった。それなのに今はごく自然に気持ちが溢れてくる。

花穂が恥ずかしそうに頬を染めた。

「私も響一さんを愛してる……あのとき結婚しようって私を助けに来てくれてありがとう。響一さんの奥さんになれて本当によかった」

潤んだ目で訴えてくる花穂の言葉を聞いていると、これ以上はないと思っていた愛情が胸に満ちる。

「花穂、俺のものになって？　優しくする」

「はい」

迷わず返ってきた返事が響一の自信を深めた。彼女を組み敷き唇を塞ぐ。

花穂の手が響一の背中に回った。ふたりを遮るものは何もない。

ただ彼女は元婚約者に酷い行いをされた過去がある。

「大丈夫か？」

ほんの少しも不安を与えたくなくて、つい様子を窺ってしまう。

響一の心情が分かっているのか、花穂が柔らかく微笑んだ。

「大丈夫、響一さんを信じてるから……あの、だから遠慮しないで欲しい」

最後は照れながら告げられた言葉に、響一は喜びで胸がいっぱいになった。

「さっきも言っただろ？　そんなに可愛いことを言われたら抑えが利かなくなるって」

頬に額に優しいキスを落としながら窘める。すると彼女は少しくすぐったそうにしながら幸せそうに微笑んだ。

(今夜は離してやれそうにないな)

ひと晩中、愛を伝えたい。響一は最愛の妻の胸元に唇を這わせた。

エピローグ

四月下旬。ゴールデンウイークを前にしたオフィス街を行きかう人々は忙しない。

連休のために必死に仕事を片付けているのだろうか。

忙しそうにしながらもどこか浮足立って見えるのは、楽しみが待っているからかもしれない。

そんなことを考えながら窓の向こうを眺めていた花穂の下に伊那がやって来た。

「ねえ、広斗さんと朝宮さんなんとかなりそうなんだって？」

「うん。ふたりでお祖父様を必死に説得したんだって。響一さんもかなり協力したみたい」

「そうなんだ。よかったけど、響一さんはどうしてそこまで親身になってたの？　朝宮さんと噂になったのはそのせいもあるんじゃない？」

「私もそれは思ったんだけど……」

まるで自分のことのように百合香にまで寄り添っていた響一に違和感を覚え、聞いてみたことがある。

　すると彼は寂しそうな表情で答えたのだ。

『百合香と俺たちは幼馴染だったが、祖父たちが揉めた後は疎遠になっていた。大学で再会して広斗と百合香が恋人の関係になり、お互いの家にばれないように慎重に付き合っていたんだ。それなのに俺の判断ミスで表向き別れる結果になってしまった』

『響一さんのミスって？』

『当時の広斗は、百合香との関係にのめり込みすぎて行動が大胆になっていた。このままだとばれるのは時間の問題だと思った俺は、揉める前に、自分で祖父たちを説得した方がいいと広斗に訴えたんだ。話せば分かってくれるはずだと。広斗と百合香は俺の意見に納得して祖父や親に打ち明けた』

　しかしそこから両家で大問題になった。

　響一が自分の考えが甘かったのだと気付いたときには、泥沼になってどうしようもない状態だったそうだ。

　ふたりは表向き別れ、ただの友人に戻ったことにして、交際を続けていた。

　響一は自分が首を突っ込み余計な助言をしたせいで、広斗たちの関係を壊してしまったとずっと後悔し罪悪感にとらわれ、出来るだけ彼らの協力をしたいと常に思っていたとのことだった。

『広斗は一時六条家と縁を切ることを考えたようだが、祖父を見捨てることは出来なかったみたいだ。百合香の方も同じでなんとか皆に祝福されたいと頑張っている』

そしてようやく根気強い説得と固い決意によって、十年がかりで、ふたりの仲は認められることになったのだ。

百合香は六条家に出入り出来るようになり、あれから何度か花穂と顔を合わせている。

初めは睨まれているような気がして嫌われていると感じていたが、話してみるとクールながらも気さくでよい人だった。

気になっていた視線は、家族に祝福されて結婚した花穂が幸せそうに見えて、羨ましいなとつい見てしまった。一切悪気はなかったとのこと。

誤解を重ねていろいろ勘違いをしてしまった自分が恥ずかしくなった。

とは言え、丸くおさまったのでよかったと思っている。

「なるほど響一さんは罪悪感から親身になっていたんだ。大事な妻を放ってしまうくらいに」

伊那がさり気なく嫌みを交ぜる。彼女としてはあのときの響一の態度に不満があるらしい。

花穂はすぐさま夫のフォローに入る。

「それはあのときだけだよ。今はすごく大事にしてくれているし」

むしろ少し離れてもいいのではと思ってしまうくらい、響一は花穂にべったりだ。

許可なくキスをして欲しいと言ったのが悪かったのか、スキンシップが激増した。

初めて抱き合って以来、それまでが嘘のように夫婦生活が増えて、というかほぼ毎日愛されているので疑う暇は全くない。

「まあ、花穂が幸せならいいんだけどね」

「うん、すごく幸せ。有馬さんからの言いがかりもなくなったし」

「ああ、取引先が離れてなんたらって話は被害妄想だったんでしょ？」

「そうみたい」

響一が調査したところによると、ただライバル企業に鞍替《くらが》えされただけで、たまたま花穂と揉めたあとに起きたことだから輝が勝手に思い込んだようだ。

「響一さんが誤解を解いたみたいだからもう大丈夫」

「ふーん、誤解を解いたねえ。どんな手を使ったんだろうね」

「私は詳しくないんだけど。気になるなら聞いてみるよ」

伊那は苦笑いをして、首を横に振る。

「それよりも花穂の決心は変わらないの？　これからもここで働くって」

「変わらない。伊那がよかったらこれからもよろしくお願いします」

カフェ開店の夢について、時間をかけて考えた。

結論は自分の店は持たない。

決して目標を諦めた訳じゃなく、前向きな結論だ。

カフェでの仕事が大好きだ。ただ自分の店を持ちたいと思ったのは、居場所が欲しかったから。

けれど今花穂の居場所は響一の隣だ。

彼を支えて寄り添いたい。一番優先したいのは夫との暮らしだと気付いたのだ。

「ねえ、それなら花穂も経営に参加してみない？」

「私が？」

「そう。アビリオも開店して三年以上過ぎたし、もっと成長していかないとね。ビジネスを大きくしたいなと考えていて。何人かに声をかけていたんだけど、花穂も参加してくれたら心強い」

「でも私は経営の知識がないし」

「大丈夫。私が誘っているのは専門家じゃないから。中にはお子さんがいる人もいるし、得意な分野もそれぞれ違っているの。これまで勉強した花穂の知識はきっと役立つよ」

とくんとくんと鼓動が跳ねる。

「ありがとう。私もやってみたい。みんなで協力したら家庭を大切にしながら好きな仕事が出来るかもしれないし、そういった活動をしてみたいな」

現実は厳しいのは分かっているけれど、大切なものがいくつもあっていいではないかと思う。

「その方向はいいね。私も仕事だけじゃなくていろんなことにチャレンジしたい気分だし」

「頑張ろうね」

ただの欲張りな夢かもしれないけれど、それに向かって努力するのが楽しいのだ。

仕事が終わると急いで帰宅する。

今日は響一が好きなぶりの照り焼きを作る予定だ。

キッチンに立ちながらてきぱきと動く。

（お店でも和食を提供したらいいかも）

作り終えたところにタイミングよく響一が帰宅した。

最近彼の帰宅は早まっている。

「響一さんお帰りなさい」

「花穂ただいま」

響一はそう言いながら花穂を抱き締める。

「んっ……」

続いて深いキスをしかけられた。最近の彼は性急だ。待ちきれないように玄関で唇を重ねてくる。

花穂も嬉しいからつい応えてしまうのだけれど、このままではせっかくの料理が冷めてしまいそうだ。

「響一さん、先に食事にしよう。今日はぶり照りを作ったから」

「分かった。すぐに着替えてくる」

響一はそう言いつつも、花穂を離さない。名残惜しそうに頬にキスをする。

（響一さんって結構キス魔だよね）

くすぐったさに目を細めていると、耳元で囁かれる。

「続きは食事のあとに。明日は休みだから今夜はゆっくり出来るな」

夫からのベッドの誘いに、花穂はかあっと頬を染める。

彼が着替えに寝室に行くのを見送り、熱の籠った溜息を吐いた。

食後は伊那との計画を聞いて貰うつもりだったけれど、今日は無理かもしれない。

(でも時間は沢山あるからね)

夫との日々はこれからずっと続くのだから。

きっと幸せな日々が待っている。そう確信しながら花穂はキッチンに向かった。

END

特別書き下ろし番外編

最愛の夫

金曜日の深夜二時。ふと目覚めた花穂の目の前には、見慣れた今でもなお魅入られる夫の端整な顔があった。

休日前ということでベッドでじゃれて、そのまま求め合ったのだが、いつの間にか眠ってしまったようだ。

(喉が渇いたな……)

夫を起こさないようにそっとベッドから抜け出し、キッチンに向かう。

扉を開くと、冷房の切れた部屋からむっとした空気が流れてくる。今日から九月だというのにまだしばらくは蒸し暑い日が続きそうだ。

冷蔵庫から作り置きの麦茶を取り出しグラスに注いだ。ごくごくと一気に飲み干し、体がクールダウンするのを感じてから部屋に戻ると、響一が起きていてベッドから出ようとしているところだった。

「あれ、起こしちゃった？」

響一は花穂の姿を見てほっとしたように口角を上げる。

「気付いたら花穂がいなくなっていたから、捜しに行こうとしてたんだ」

「ごめんね、喉が渇いちゃって」

ベッドに近付くと響一の逞しい腕が伸びてきて抱き寄せられる。

「心配した」

後ろから広い胸に包み込まれる。先ほどは蒸し暑さにうんざりしたのに、夫の温もりだと嬉しく感じる。

（響一さんに抱き締められると安心するんだよね）

優しくいつも花穂を守ってくれる、頼りがいがある旦那様だ。

夫婦になるまではクールな人かと思っていたけれど、それは完全に間違いだった。

妻に対しては甘く情熱的で、愛の言葉を惜しまない。

「花穂、こっち向いて」

響一が軽々花穂の体を持ち上げて、向かい合わせにする。目が合うとすぐにキスをされた。

「んっ」

夫とキスをするといつだって甘く幸せな気持ちになる。きっと彼を愛しているからだ。

彼も同じ想いなのだろうか。愛おしそうに花穂の頬を撫で、額や頬や瞼《まぶた》に口付ける。

甘い気持ちに浸っていると、いつの間にかパジャマのボタンが外されてするりと肩から滑り落ちた。

鎖骨の辺りをチリッと吸い上げられて、花穂はぎゅっと目を瞑《つむ》った。夫は花穂に跡を付けるのが大好きだ。本人が言うには独占欲が強いからだとか。

もちろん嫌ではないが、このまま放っておいたら、どんどん先に進んでしまいそうだ。

「響一さん、待って。明日は忙しいんだからもう少し寝ておかないと」

日付が変わっているので正確には今日だが、花穂の実家に行く予定なのだ。

花穂を組み敷いていた響一の顔が曇る。あからさまにがっかりした様子を見ると申し訳なくなるが、仕方ない。

(私だって本当は響一さんと触れ合いたいんだよ)

しかし長距離運転をする彼にはしっかり睡眠を取って貰わなくては。

響一が花穂の上からどき、隣にごろんと仰向けになった。と思ったらすぐにぎゅっと抱き締められる。

「花穂も寝ないと駄目だぞ」

残念そうにしていた割りには優しい声だった。

「うん」

夫の温もりに包まれ、花穂は瞬く間に眠りに落ちた。


予定より一時間程寝坊して朝七時に目覚め、大急ぎで支度をして家を出た。

今日実家に向かうのは、様子伺い兼二ヶ月後の結婚式前の最終打合せをするため。

寝不足が心配だったが響一はつらっとしており、順調なドライブだ。

彼の運転はスピードに乗りながらも、安定感があり快適だ。

「響一さん、そろそろ休憩しないで大丈夫？」

「それなら、次のサービスエリアに寄っていこうか」

サービスエリアでは名物の甘い団子と塩味の焼き鳥を買い、外のベンチに並んで座り食べた。

空は青く視界の先には山並みが。

「たまにはこういう所で食べるのもいいよね」

都内のカフェのテラス席などとは違う、爽やかな解放感がある。

「そうだな。リラックス出来る……いつか花穂とゆっくり世界中を回ってみたいな。美しい景色を眺めたり、異文化に触れたり、楽しいだろうな」

そのときの想像をしているのか響一が楽し気に目を細めた。

「いいね。すぐには無理でもいつか実現出来たらな～」

響一と花穂はかなり趣味が合うから、どこに行っても盛り上がれそうだ。

実際はお互い忙しく、まとまった休みを取るのは難しい。結婚式で休暇を取るので長期旅行はまた当分先になりそうだ。それでも楽しみな夢がまた増えたのは嬉しい。

山並みを眺めていた響一が、花穂に視線を向けた。

「もしかしたら、そのときはふたりだけじゃないかもな」

「え？」

首を傾げる花穂に、響一が魅力的な笑みを見せ囁いた。

「ふたりの子供がいるかもしれないだろ？」

花穂の心臓がとくんと音を立てた。

「あ……そっか、そうだよね」

結婚式までは妊娠しないように気を遣っているが、式のあとはきっと自然に任せる形になるだろう。

今のペースで夫婦生活をしていたら、妊娠は遠い未来ではないかもしれない。

（響一さんとの子か……）

考えるとウキウキした気持ちになる。

彼に似たら美形の子供になるだろう。花穂に似たらどうだろう。自分の顔立ちにはあまり自信がないものの、我が子だったら可愛いと感じるんじゃないだろうか。

「どうしたんだ？」

あれこれ考えていると、響一が不思議そうに声をかけてきた。

「な、なんでもない。ただちょっと子供のことを考えていて」

「子供？」

「響一さん似の子ならイケメンだろうなって。早く会いたくなっちゃった」

花穂の言葉に響一の口元が綻ぶ。

「任せてくれ。期待に応えられるよう今以上に努力するから」

「え？」

「だから花穂も頑張ろうな」

やけに色っぽく囁かれて、花穂は激しく動揺した。

（これ以上頑張られても……）

子供には会いたいが、体が持つか心配になる。

「そろそろ行こうか」

響一が立ち上がり、花穂に手を差し出した。

「うん」

その手を掴み立ち上がった。


「響一君いらっしゃい」

「花穂、響一さん元気そうでよかったわ」

実家では待ち構えていた両親に出迎えられた。

ふたりとも一年前と比べると元気で若々しく見える。暮らしが充実している証拠だろう。

家族が再生出来たのは響一の助けのおかげだ。

もてなしの食べきれない料理は、母が箕浦に手伝って貰い作ったものだ。体の回復は順調らしく、親戚や近所付き合いもこなしているのだとか。

「式に参列する親族は殆ど宿泊する予定だ。酔った状態でここまで戻るのは厳しいからな」

城崎家側の親族については花穂の両親が取りまとめてくれているので助かっている。

「ホテルは用意してあるけど、以前聞いたときよりも人数が増えてるような……」

「まあ、やっぱり泊まりたいという者が多くてな」

おそらく式のあとに親族で集まり宴会をするのだろう。

「人数については問題ありません。いくらでも融通が利きますから」

響一は余裕の表情だ。実際用意してあるホテルも披露宴会場も六条グループだから可能なのだろうが、花穂の親族の件であまり手間をかけさせたくないと思う。

「お父さん、お願いだから披露宴会場で叔父さんたちと揉めないでね」

「心配しなくても大丈夫だ。最近はトラブルなんてないからな」

「それならいいけど」

最近は丸くなった父だが、以前はすぐに親族と口論をしていた記憶がある。今ひとつ信用出来ない。

「まあ……不安になるのは仕方ない。人の話を聞かずに怒鳴るところを散々見てきたのだからな。花穂の話ももっと聞くべきだった。これでも反省しているんだ」

「は、反省？　お父さんが……」

（お父さんの口から反省なんて言葉が！）

信じがたい思いでいる花穂に、父は気まずそうに続ける。

「響一君に指摘されて客観的に見られるようになった。それから元婚約者の有馬の本性もよく分かった……婚約破棄のときは本当に悪かったな」

「それは前に謝って貰ったからもういいけど……」

(私が知らない内に響一さんと何か話したの？　それに有馬さんの本性って？)

頭の中は疑問でいっぱいだ。そんな花穂を響一が優しく見つめていた。

「響一さん、さっきのお父さんの話だけど」

実家から帰宅して落ち着くと、花穂は響一に疑問をぶつけた。

「春頃、俺からお義父さんに連絡をして有馬について話したんだ。花穂に対する酷い言動も隠さなかった。それから俺の考えも伝えさせて貰った」

「響一さんの考え？」

「花穂の話を先入観なしに聞いて欲しい。過去、お義父さんの態度で花穂は傷付いていたと。娘婿に否定的な発言をされたら不愉快になるだろうと思ったが、一度真剣に考えて欲しいと思った。もちろん言い方には気をつけたから喧嘩にはなってない」

響一は花穂を安心させるように言う。

「そのときお父さんはなんて？」

「ショックを受けていたようだった。ただその後連絡があって指摘してくれてよかったと言って貰えた」

「すごい……あのお父さんがそんなことを言うなんて」

響一に対して遠慮があるのは確かだが、それ以上に彼の言葉が腑に落ちた証拠だろう。

「響一さん、ありがとう。私のために話してくれたんだよね」

「和解したと聞いていたけど花穂はお義父さんを怖がっているように見えた。花穂がもっとのびのび帰省出来るようになって欲しかったんだ」

「うん。お父さんは変わったと思う。お母さんも安心しているんじゃないかな」

母も父の言い様に傷付くときもあったはずだから。

「響一さんのおかげだよ」

感謝の気持ちを訴えると、彼が少し気まずそうな素振りを見せる。それから小さく溜息を吐いた。

「これは言いたくなかったが、実は有馬の件をお義父さんに話したのは、他にも理由があるんだ」

「他の？」

「有馬が二度と花穂に付きまとわないように対策するために、お義父さんの協力が必要だった」

そう言えば、伊那の家のパーティー後に、響一が対策してくれたのだった。

「あのとき詳しく聞かなかったけど、どんな対策をしたの？」

「有馬の父親に会って厳しく息子を監督するように頼んだ。いい年した息子の悪行を知った父親は動揺していたよ。俺たちには絶対近付けないで欲しいと丁寧に頼んだ甲斐があり、社内では降格のうえ謹慎。更に経済的にも締め付けられて有馬は身動きが取れなくなった」

「そ、そんなことを」

「花穂の被害に対して甘いと思ったが、犯罪行為はもちろん、何も知らない社員を巻き込むような仕打ちをする訳にはいかなかったからな。とにかく有馬を花穂から排除するのを優先した。お義父さんに話したのは、有馬のターゲットが花穂の実家になるのを心配したからだけど今のところ問題はないようだ」

相当父親の怒りが大きいのだろうなと響一は呟く。

（有馬さんのお父さんへのお願いって、かなり怖いお願いだったんじゃ……）

六条グループから睨まれたくないだろう輝の父は、必死になって息子を監視しているのかもしれない。

「そういう訳で有馬が何かしてくる可能性は殆どない。何か企もうとしてもこちらも監視しているのですぐに対策するから安心してな」

にこりと笑う夫に花穂は、こくりと頷いた。

「以前も話しましたが売上は客数かける客単価です。アビリオの場合は客席数が少なく回転率もよくないので大幅なアップは見込めないうえに、落ち着いた環境がセールスポイントなので改善も難しい。となると利益を増やすには……」

開店前のアリビオの店内。客席に向かい合っているのは、伊那と難しい顔をする男性だ。

伊那はアリビオを個人事業から法人化するために、春から動き始め、経営の専門家のアドバイスを求めていた。

なかなか信頼出来るコンサルタントが見つからなかったが、先月とうとう伊那が納得する出会いがあった。

それが今伊那と熱心に話し合っている人物。彼女の兄の友人である斉木《さいき》孝也《たかや》だ。

コンサルを仕事としている訳ではないが、テイクアウトのサンドイッチの店を何軒か経営し成功しているのだとか。

少し長めのウエーブヘアに浮世離れした雰囲気は、経営者というよりも芸術家風のイメージだ。年齢は三十三歳だそうだが、言われないと何歳か判断が難しいタイプ。

データを読み込むよりも感覚で経営していそうな雰囲気の彼だが、伊那は意外に生真面目な彼の性格が気に入り、今更と言えるような基礎的なレクチャーを受けている。

「利益率の高いサービスを新たに作り出すか、経費を削るしかないんですよね」

「経費は私の給料を削ってるじゃない」

「それでは経営が成り立っているとは言えないでしょう？　たまたま伊那さんに資産があるから問題ないですけど、普通ならとっくに破綻してますよ。しかも賃料は特別価格で、運転資金にも困っていないという恵まれすぎた条件なのですから、少しの工夫で上向くはず。頑張りましょう。そのために法人化したのでしょう？」

熱心に訴える斉木と伊那の前に、花穂はそっとコーヒーを置いた。

「失礼します」

「お気遣いありがとうございます」

「花穂、ありがとう」

伊那と斉木の声が見事に被った。

一見正反対の性質だが、なぜか気が合うようだ。

少なくとも伊那は彼を気に入っている。だから毎回彼の長い話にしっかり耳を傾けているのだ。

「あ、そうだ花穂、先週の仕入れ伝票が見たいんだけど」

「分かった、持ってくるね。集計も終わってデータも確認出来るようになってるから」

足早に事務所に行き、引き出しから伝票を取り出す。

キッチンでは花穂と同様に春からアリビオの社員になったパティシエと、料理補助の女性が開店準備を進めている。

新たなメンバーを迎えてアリビオの雰囲気も変化した。

夜に比べて客足が少なかった日中に、デザート目当ての客が増えたし、調理補助が常にいることで伊那が休めるようになった。新メニューの考案やSNSでそれまで一切行っていなかった宣伝をした。

あとは自分たちの工夫を経営のプロがどう見るかだけれど……。

テーブル席ではふたりが何やら言い合っている。意見交換が盛り上がっているように見えるけれど、伊那の表情は嬉しそうだった。

「ありがとうございました」

最後のお客様を見送った花穂は、ほっとして肩の力を抜いた。

今日は本当に忙しかったなと、凝り固まった肩をほぐす。

「花穂お疲れ」

「あ、伊那」

「そう言えば、花穂がラストまでって久し振りだね」

「うん、以前よりも混んでて驚いちゃった」

今日は妊娠中のバイトスタッフが急に来られなくなり花穂がその穴を埋めた。

「今日は特別だよ。夕方から夜の来店は、あまり変化がないし……あ、でも今日は暢い食べてる暇がないんだ。ごめんね」

「大丈夫だけど、何か予定があるの？」

何気ない質問に、伊那が一瞬気まずそうな顔をする。彼女にしては珍しいその態度に、花穂は閃きを感じた。

「もしかして、斉木さんと食事に行くとか？」

「な、なんで知ってるの？」

「本当にそうなの？　当てずっぽうだったのに」

「カマかけたの？」

伊那がむすっとした表情で花穂を見る。花穂は思わずくすりと笑った。

「そうじゃないけど、伊那と斉木さんってなんだかんだ言って仲がいいから……もしかして彼のこと好き？」

幼馴染で親友なのに、伊那の恋バナを聞いた覚えがない。彼女が秘密主義という訳ではなく、相談も愚痴もないようなのだ。特定の相手と長く付き合わないので、話すことがないのかもしれないが、だから花穂の中で伊那は恋愛にドライでクールな印象で、それは育った環境のせいだと思っていた。

（それなのに今の伊那は、初恋の女の子みたいに分かりやすい）

花穂の問いかけに可愛らしく頬を染めているのだ。

「好きって言うか、彼にもアリビオの経営を手伝って欲しいから。ほら、いつか支店が出来たらねって話していたじゃない？　今からその相談を……」

「そっか。だったらしっかり話し合ってこないとね」

笑顔で送り出す花穂に、伊那は恥ずかしそうな顔で「行ってきます」と出ていったのだった。

それから斉木がアリビオを訪れる機会が増えた。

気をつけて見ていなくても、斉木と伊那の関係進展が分かる。

花穂だけでなく他のスタッフもふたりの関係を密かに応援していた。

そんなある土曜日。日中勤務予定のスタッフが体調不良で急遽休むと連絡が入り、花穂が予定外の出勤をすることになった。

「響一さん、ドタキャンすることになってごめんなさい」

本当はふたりで本屋に行く予定でいたのだ。お互いがお薦め出来る本を何冊か買って読み合おうと。楽しみにしていたが、他に対応出来るスタッフがいないので仕方がない。

「気にするな。仕事なんだから仕方がない。終わる頃迎えに行くからそのあと行こう」

夫は相変わらず優しく心が広い。彼が怒るところを見たのは、輝が現れたときくらい。それだって花穂の身を心配したからだ。

寛容な彼の器の大きさを花穂は尊敬し、自分も見習わなくてはと思っている。

「行ってきます」

「ああ、あとでな」

軽いキスをしてから手を振って家を出た。

土曜のアリビオの客層は普段と少し違う。オフィス街の人だけでなく、観光ついでに寄る人もいるからだ。

デザートの注文が多く、回転数もなかなか高い。その分忙しく花穂は息を吐く暇もなく働いていた。

午後三時。仕事を終えて店を出た花穂に男性が近付いてきた。

「あ、斉木さん」

「こんにちは」

斉木が軽く片手を上げる。

「伊那に会いに来たんですか？」

そう言えば、伊那も今日は早上がりの予定で調理スタッフのヘルプを依頼していた。

確か頼まれごとをして出かけないといけないからと言っていたけれど。

「ええ。知人の開店祝いに付き合って貰うんです」

花穂は目を丸くした。

（頼み事って斉木さんからだったんだ）

面倒だなんて言っていたけれど、きっと今頃ソワソワしているのではないだろうか。

「伊那はもう少し時間がかかりそうですから、中で待った方がいいかもしれません」

「いや、僕が席を占領するのも申し訳ないので、ここで」

「今の時間はそれ程混んでないから大丈夫……あっ！」

誰かにぶつかられたのか、花穂は斉木の胸に飛び込んでしまった。

「ご、ごめんなさい！」

こんなところを伊那に見られたら誤解されてしまう。

慌ててどこうとしたそのとき、思いがけない方向から厳しい声がした。

「花穂！」

（あ……）

振り向かなくても分かる。夫の声だ。

なんてタイミングだと引きつった顔で振り返る。

「花穂これはいったい……失礼ですがあなたは？」

響一からは斉木が花穂を抱き締めているように見えたのか、警戒心を露わに斉木を見据える。

「響一さん、これは違うの。話を聞いて」

「違くないだろ？　どう見てもこの男が花穂を……」

本来は寛容で器大きい夫だが、今はその限りではないようだ。斉木は何が起きているのか分からないようで唖然としている。

「孝也さん？　花穂と響一さんも……何やってるの？」

怪訝な顔の伊那が来るまで、気まずい状況が続いたのだった。


「……その、誤解して悪かったな」

その夜、ベッドに入ると響一が気まずそうに呟いた。

「大丈夫。誤解しても仕方ないすごいタイミングだったし」

「花穂が他の男の腕の中にいるのを見たら、冷静でいられなくなった」

「斉木さんの腕の中にいた訳じゃないけど……でも響一さんがあんなに動揺するとは思わなかった」

響一は深い溜息を吐いた。

「自分でも呆れてる。嫉妬深いのもたいがいにしないとな」

「でも、嬉しくもあったんだよ。響一さんに嫉妬して貰えて」

冷静な夫が慌てる程愛されているのだと実感出来て、くすぐったい気持ちになったのは確かだ。

「いつも嫉妬してる。花穂が他の男に微笑んだだけで、妬いている。必死に隠してるんだ」

響一が花穂の体を組み敷いた。

シーツに縫い付けられるように押さえられ、見下ろされる。

「だから嬉しいなんて言わない方がいい」

鋭い眼差しに捕らわれ、花穂の鼓動が高鳴った。

「でも……本当に嬉しかったから」

「そんな風に言われたら、花穂を一時も離したくなくなる」

熱い唇が花穂のそれを塞いだ。

「んっ……あっ……」

息が苦しくなる程の深いキス。何度も交わすうちに寝室に熱気が籠っていく。

「愛してる。でも今日は優しくする自信がない」

色っぽい掠れた声が耳をくすぐる。

「大丈夫だからやめないで」

「……煽ったのは花穂だからな」

響一の手が花穂の肌を這う。休む間もなく高められてから貫かれた。

「あっ、やあっ！」

いつもよりも激しく揺さぶられて、気が遠くなりそうだった。

それでも夫の独占欲が嬉しくて、花穂は響一の激しくて深い愛を最後まで受け入れたのだった。

十一月吉日。空は晴れ渡り爽やかな風が頬を撫でる。

天に恵まれた結婚式日和に、花穂と響一は結婚式を挙げた。

「花穂さんおめでとう」

真っ先に祝福してくれたのは、響一の祖父。今は花穂にとっても大切な人だ。

「ありがとうございます」

夫婦でお礼を言うと、いつもは厳しい祖父の目が潤む。

「幸せになりなさい。いつまでもお互いを大切にし寄り添って」

「はい。決してこの手は離さない。その誓いは必ず守ります」

響一が宣言し花穂を見つめる。

「響一さん、花穂、おめでとう！」

伊那と斉木、広斗と百合香。アリビオの仲間。今まで出会い関係を築いた人々が自分のことのように喜び祝ってくれる。

「花穂、おめでとう」

二度と分かり合えないと思っていた父も、諦めていた母も今はこんなに近くに感じる。

(ああ、幸せだな)

響一と夫婦になって、彼を好きになって本当によかった。

きっと彼も同じ気持ちでいてくれる。

繋いだ手は優しく温かかった。

END

あとがき

この度は『偽装結婚から始まる完璧御曹司の甘すぎる純愛——どうしようもないほど愛してる』をお手に取っていただきありがとうございました。

本作はタイトルの通り、それぞれ事情があるヒロインとヒーローが偽装結婚をするお話です。

と言っても、お互い好意を持っている状態からのスタートです。とくにヒーローの熱量が高くヒロインをあの手この手で囲い込んでいきます。

個人的には無口で陰があるヒーローが好きなのですが、今作のヒーローは陽の雰囲気のおおらかな男性になったんじゃないかと思います。

書籍用に番外編も書きました。毎回のことなのですが、本編よりも苦戦します。

私は自分が恋愛小説を読むとき、ヒロインとヒーローがくっつくまでの過程を楽しむ方です。ハッピーエンドの先の後日談というのはあまり気にならないので、どんなエピソードがいいのか迷ってしまいます。

今回も悩みつつ、ヒロインの親友や家族のその後を入れつつ、ヒーローとヒロインの仲よい様子を書いてみました。お楽しみいただけたら幸いです。

カバーイラストは、浅島ヨシユキ先生に描いていただきました。ベッドの上でヒロインに迫るヒーローが、男らしくてかっこいい。このあとがきを書く少し前に見せていただいたのですが、見た瞬間に気に入りました。浅島ヨシユキ先生、素敵な絵をどうもありがとうございました。

この作品の出版に関わってくださった全ての方に、御礼を申し上げます。

最後にこの本をお手に取ってくださった読者様と、ベリーズカフェで応援をしてくださる皆さまに感謝を申し上げます。

どうもありがとうございました。

吉澤紗矢《よしざわさや》

吉澤紗矢先生への
ファンレターのあて先

〒104-0031
東京都中央区京橋1-3-1
八重洲口大栄ビル7F
スターツ出版株式会社　書籍編集部　気付

吉澤紗矢先生

本書へのご意見をお聞かせください

お買い上げいただき、ありがとうございます。
今後の編集の参考にさせていただきますので、
アンケートにお答えいただければ幸いです。

下記URLまたはQRコードから
アンケートページへお入りください。
https://www.berrys-cafe.jp/static/etc/bb

ベリーズ文庫

偽装結婚から始まる完璧御曹司の甘すぎる純愛
——どうしようもないほど愛してる

2023年11月10日　初版第1刷発行

著　者　吉澤紗矢
©Saya Yoshizawa 2023

発行人　菊地修一

デザイン　カバー　ナルティス
フォーマット　hive & co.,ltd.

校　正　株式会社鷗来堂

発行所　スターツ出版株式会社
〒104-0031
東京都中央区京橋1-3-1　八重洲口大栄ビル7F
TEL　出版マーケティンググループ　03-6202-0386
(ご注文等に関するお問い合わせ)
URL　https://starts-pub.jp/

印刷所　大日本印刷株式会社

Printed in Japan

ISBN 978-4-8137-1502-3　C0193

ベリーズ文庫 2023年11月発売

『凄腕外科医は初恋妻を溺愛で取り戻す～もう二度と君を離さない～【極上スパダリの執着溺愛シリーズ】』　にしのムラサキ・著

受付事務の茉由里と大病院の御曹司・宏輝は婚約中。幸せ絶頂の中、彼の政略結婚を望む彼の母に別れを懇願され、茉由里は彼の未来のために姿を消すことを決意。しかしその直後、妊娠が発覚。密かに産み育てていたはずが…。「ずっと君だけを愛してる」――茉由里を探し出した宏輝の猛溺愛が止まらなくて…!?

ISBN 978-4-8137-1499-6／定価726円（本体660円＋税10%）

『契約婚初夜、冷徹警視正の激愛が溢れて抗えない』　滝井《たきい》みらん・著

図書館司書の莉乃は、知人の提案を断れずエリート警視正・柊吾とお見合いすることに。彼も結婚を本気で考えていないと思っていたのに、まさかの契約結婚を提案される！　同居が始まると、紳士だったはずの柊吾が俺様に豹変して…!?　「俺しか見るな」――独占欲全開な彼の猛溺愛に溶かし尽くされ…。

ISBN 978-4-8137-1500-9／定価748円（本体680円＋税10%）

『離婚したはずが、辣腕御曹司は揺るぎない愛でもう一度娶る』　高田《たかだ》ちさき・著

IT会社で働くOLの琴葉は、ある日新社長の補佐役に抜擢される。彼女の前に新社長として現れたのは、４年前に離婚した元夫・玲司だった。とある事情から、旧財閥の御曹司の彼に迷惑をかけまいと琴葉は身を引いた。それなのに、「俺の妻は、生涯で君しかいない」と一途すぎる溺愛猛攻がはじまって…!?

ISBN 978-4-8137-1501-6／定価726円（本体660円＋税10%）

『偽装結婚から始まる完璧御曹司の甘すぎる純愛―どうしようもないほど愛してる』　吉澤紗矢《よしざわさや》・著

カフェ店員の花穂は、過去のトラウマが原因で男性が苦手。しかし、父親から見合いを強要され困っていた。断りきれず顔合わせの場に行くと、そこにいたのは常連客である大手企業の御曹司・響一で…!?　彼の提案で偽装結婚することになった花穂。すると、予想外の甘い独占欲に蕩かされる日々が始まって…!?

ISBN 978-4-8137-1502-3／定価726円（本体660円＋税10%）

『俺様御曹司は本能愛を抑えない～傷心中でしたが溺愛で溶かされました～』　立花実咲《たちばなみさき》・著

失恋から立ち直れずにいた澄香は、花見に参加した帰り道、理想的な紳士と出会う。彼との再会を夢見ていた矢先、勤務する大手商社の御曹司・伊吹から突然プロポーズされて…!?　「君はただ俺に溺れればいい」――理想と違うはずなのに、甘く獰猛な彼からの溺愛必至な猛アプローチに澄香の心は揺れ動き…。

ISBN 978-4-8137-1503-0／定価715円（本体650円＋税10%）

ベリーズ文庫 2023年11月発売

『愛なき結婚ですが、一途な冷徹御曹司のとろ甘溺愛が始まりました』 田崎《たさき》くるみ・著

1年前、社長令嬢の菫子は片思いしていた御曹司の隼士と政略結婚をすることに。しかしふたりの関係はいつまでも冷え切ったまま。いつしか菫子は彼の人生を縛り付けたくないと身を引こうと決意し離婚を告げるが…。「君を誰にも渡さない」──なぜか彼の独占欲に火がついて菫子への溺愛猛攻が始まって…!?

ISBN 978-4-8137-1504-7／定価726円（本体660円＋税10%）

ベリーズ文庫 2023年12月発売予定

Now Printing

『タイトル未定(御曹司×許嫁)【極上スパダリの執着溺愛シリーズ】』 若菜《わかな》モモ・著

大学を卒業したばかりの蘭は祖母同士の口約束で御曹司・清志郎と許嫁関係。憧れの彼との結婚生活に浮足立つも、愛なき結婚に寂しさは募るばかり。そんなある日、突然クールで不愛想だったはずの彼の激愛が溢れだし…!? 「君を絶対に手放さない」──彼の優しくも熱を孕む視線に蘭は甘く蕩けていき…。

ISBN 978-4-8137-1509-2／予価660円（本体600円＋税10%）

Now Printing

『溺愛夫婦が避妊をやめた日』 葉月《はづき》りゅう・著

割烹料理店で働く依都は、客に絡まれているところを大企業の社長・史悠に助けられる。仕事に厳しいことから"鬼"と呼ばれる冷酷な彼だったが、依都には甘い独占欲を露わにしてきて!? いつしか恋人同士になったふたりは結婚を考えるようになるも、依都はとある理由から妊娠することに抵抗を感じていて…。

ISBN 978-4-8137-1510-8／予価660円（本体600円＋税10%）

Now Printing

『ホテル王の不屈の純愛～過保護な溺愛に抗えない～』 皐月《さつき》なおみ・著

母を亡くし無気力な生活を送る日奈子。幼なじみで九条グループの御曹司・宗一郎に淡い恋心を抱いていたが、母の遺書に「宗一郎を好きになってはいけない」とあり、彼への気持ちを封印しようと決意。そんな中、突然彼からプロポーズされて…!? 彼の過保護な溺愛で次第に日奈子は身も心も溶けていき…。

ISBN 978-4-8137-1511-5／予価660円（本体600円＋税10%）

Now Printing

『タイトル未定(救急医×ベビー)』 未華空央《みはなそらお》・著

看護師の芽衣は仕事の悩みを聞いてもらったことで、エリート救急医・元宮と急接近。独占欲を露わにした彼に惹かれ甘い夜を過ごした後、元宮が結婚し渡米する噂を聞いてしまう。身を引いて娘をひとり産み育てていた頃、彼が目の前に現れて…！ 「もう、抑えきれない」ママになっても溺愛されっぱなしで…!?

ISBN 978-4-8137-1512-2／予価660円（本体600円＋税10%）

Now Printing

『タイトル未定(社長×契約結婚)』 黒乃梓《くろのあずさ》・著

大手企業で契約社員として働く傍ら、伯母の家事代行会社を手伝っている未希。ある日、家事代行の客先へ向かうと、勤め先の社長・隼人の家で…!? 副業がバレた上、契約結婚を持ちかけられる。「君の仕事は俺に甘やかされることだろ?」──仕事の延長の"妻業"のはずが、甘い溺愛に未希の心は溶かされていき…。

ISBN 978-4-8137-1513-9／予価660円（本体600円＋税10%）

タイトル、価格等は変更になることがございますのでご了承ください。

ベリーズ文庫 2023年12月発売予定

Now Printing

『初めましてこんにちは、離婚してください[新装版]』 あさぎ千夜春《ちよはる》・著

家のために若くして政略結婚させられた莉央。相手は、容姿端麗だけど冷徹なIT界の帝王・高嶺。互いに顔も知らないまま十年が経ち、莉央はついに"夫"に離婚を突きつける。けれど高嶺は離婚を拒否し、まさかの溺愛モード全開に豹変して…!? 大ヒット作を装い新たに刊行! 特別書き下ろし番外編付き!

ISBN 978-4-8137-1514-6／予価660円（本体600円＋税10%）

Now Printing

『慈善事業はもうたくさん!～転生聖女は、神殿から逃げ出したい～』 坂野真夢《さかのまむ》・著

神の声を聞ける聖女・ブランシュはお人よしで苦労性。ある時、神から"結婚せよ"とのお告げがあり、訳ありの辺境伯・オレールの元へ嫁ぐことに! 彼は冷めた態度だが、ブランシュは領民の役に立とうと日々奮闘。するとオレールの不器用な愛が漏れ出してきて…。聖女が俗世で幸せになっていいんですか…!?

ISBN 978-4-8137-1515-3／予価660円（本体600円＋税10%）

タイトル、価格等は変更になることがございますのでご了承ください。

Berry's COMICS
ベリーズコミックス

各電子書店で
単体タイトル
好評発売中!

『ドキドキする恋、あります。』

NEW

『偽装新婚～イジワル御曹司の溺愛からは逃げられない～①～②』
作画:杉原チャコ
原作:一ノ瀬千景

『この運命は甘い罠でした～エリート御曹司は巧みな愛で独占する～①～③』[完]
作画:天丸ゆう
原作:若菜モモ

『クールな御曹司は今夜も妻を愛し尽くす～交際0日の蜜婚事情～①～③』[完]
作画:南香かをり
原作:宝月なごみ

『最愛婚―私、すてきな旦那さまに出会いました―①～③』[完]
作画:孝野とりこ
原作:西ナナヲ

『冷徹社長の執愛プロポーズ～花嫁契約は終わったはずですが!?～①～②』
作画:七星紗英
原作:あさぎ千夜春

『極上社長は愛しの秘書を独占したい①～③』[完]
作画:あづ左倉
原作:葉月りゅう

『前略、結婚してください～過保護な外科医にいきなりお嫁入り～①～③』[完]
作画:沢ワカ
原作:葉月りゅう

『ご懐妊!!①～②』
作画:真條りの
原作:砂川雨路

電子コミック誌

comic Berry's
コミックベリーズ

各電子書店で発売!

毎月第1・3
金曜日
配信予定

amazonkindle　コミックシーモア　Renta!　dブック　ブックパス　他

小説サイト
Berry's Cafe の人気作品がボイスドラマ化！
豪華声優陣が出演!!
溺愛ボイスドラマ×ベリーズ男子
俺様すぎる強引社長
CV:増田俊樹
『キミは許婚』
by 春奈真実
とことん溺甘！
グイグイ秘書室室長
CV:梅原裕一郎
『秘書室室長がグイグイ迫ってきます！』by 佐倉伊織
隠れドS!?
溺愛系御曹司
CV:石川界人
『副社長は溺愛御曹司』
by 西ナナヲ
1話はすべて完全無料！
App Store からダウンロード
Google Play で手に入れよう
アプリストアまたはウェブブラウザで
ベリーズ男子 検索
【全話購入特典】
・特別ボイスドラマ
・ベリーズカフェで読める書き下ろしアフターストーリー
最新情報は公式サイトをチェック！
※AppleおよびAppleロゴは米国その他の国で登録されたApple Inc.の商標です。App StoreはApple Inc.のサービスマークです。※Google PlayおよびGoogle Playロゴは、Google LLCの商標です。